# Memorias de un hijueputa

# Fernando Vallejo
# Memorias de un hijueputa

Título: *Memorias de un hijueputa*

Primera edición: abril, 2019
Primera reimpresión: mayo, 2019
Sexta reimpresión: diciembre, 2019
Séptima reimpresión: enero, 2020

© 2019, Fernando Vallejo
© 2019, de la presente edición en castellano para todo el mundo:
Penguin Random House Grupo Editorial, S. A. S.
Carrera 7ª No.75-51. Piso 7, Bogotá, D. C., Colombia
PBX (57-1) 7430700

www.megustaleer.com.co

© Imagen de cubierta: Ethel Gilmour, Sin título, s. f., vinilo sobre *hardboard*, 121 x 155 x 3 cm,
Colección Museo de Antioquia
Corporación Casa de Ethel y Jorge

Impreso en Colombia-*Printed in Colombia*

ISBN: 978-958-5496-46-0

Impreso en TC impresores, S. A. S.

Penguin
Random House
Grupo Editorial

Colombianos: atropelladores, paridores, carnívoros, cristianos, ¿hasta cuándo van a abusar de mi paciencia? ¿Piensan que van a seguir impunes como hasta ahora, de fiesta en fiesta sentados en sus culos viendo darle patadas a un balón?

Empecé como presidente, seguí como dictador y hoy ando de tirano superándome en mis hazañas. Idos son los tiempos en que fusilaba. No bien asome mañana el astro rey su cabeza loca por entre el cendal de nubes del amanecer de la sabana empiezo la decapitadera. Testas cabelludas son las que van a rodar en las plazas de Colombia, van a ver. El pavimento, el empedrado, el embaldosado, lo que sea, de esas malditas ágoras en que hierve el populacho cuando por a o por be o por ce se congrega a aclamar gentuza, se teñirá de rojo, y de la bandera tricolor, vuelta monocromática por mi voluntad soberana, desaparecerán el amarillo y el azul para dejar tan solo, ampliado a todo su ámbito, el refulgente color de la sangre. Convertidos mis fusiladores en degolladeros aquí no va a quedar defensor de los derechos humanos ni títere de la Corte Penal Internacional de La Haya con cabeza. Adiós a la alcahueta Declaración de los Derechos del Hombre de la Revolución Francesa porque otra revolución, aun más decapitadora, los reemplazará por deberes. Así que ya saben, connacionales, adiós a las fiestas civiles y religiosas, a los puentes y superpuentes, a los partidos de fútbol y copas mundo y cuanta alcahuetería haya parido la mente putrefacta de los curas y los políticos que los han gobernado durante su miserable Historia. Muy mal acostumbraditos me los tenían, ¿eh? Los voy a enderezar, a levantar del culo hasta mi altura moral. ¡Y ojo con la gratitud para conmigo! Que no se traduzca en el abyecto «Dios se lo pague» de este país mendicante (¿y cuándo han visto a ese Puto Viejo Insolvente pagar un peso?). Ni en estatuas que cagan las palomas. Los agradecimientos a mí me sobran, hago el bien porque me lo dictan las pelotas. Las que me cuelgan, grandes como las de mi amigo Gabito, como huevos prehistóricos.

Palomitas, ejército alado del Espíritu Santo, el Paráclito: volad al parque de Bolívar que por la estatua a caballo de este granuja venezolano lo conoceréis. Cabalga en bronce sobre un pedestal de mármol y el caballo le queda chiquito porque así lo quiso el escultor por rastrero, para engrandecer al jinete, que casi toca el suelo con las patas. Obrad a gusto sobre él, bañadlo de porquería. Lo llaman «el Libertador», ¿pero de qué nos libertó? ¿De los curas y los burócratas? Ahí siguen, mamando, pero camino a mi tumbacabezas, de mecanismo digital y bajo control del GPS, muy superior a la guillotina de monsieur Guillotin, una máquina burda, improvisada, hecha al vapor antes del siglo del vapor. En medio de un hervidero sanguinolento de cabezas cercenadas nació la maldita revolución de los derechos; en medio de otro nace ahora la bendita revolución de los deberes.

Para salir de una vez por todas de este venezolano bellaco y no volverme a ocupar de él, dicen que cabalgó en pos de la Gloria por media América, y que de tanto cabalgar le salieron callos en las nalgas. ¿Pero cómo supieron? ¿Le bajaron los calzones? Ah con estos paisanos míos tan perezosos, no constatan lo que dicen y van soltando la lengua. Si afirman que a ese homúnculo le salieron callos donde dicen, digan quién lo dijo. Hagiógrafo riguroso de tres santos con los que llené veinte años del vacío de mi vida, a mí el «dicen» no me sirve.

En cuanto diga de su biografiado el biógrafo tiene que citar sus fuentes. Así he procedido yo con los míos, y así procederán los míos conmigo. ¡Pobres! Nada descubrirán, buscarán en vano; el fantasma que tienen enfrente pero que no ven les ha borrado todas las huellas y embrollado todas las pistas. ¿Que Cristo resucitó al tercer día? ¿Y quién vio? ¿Las santas mujeres? No son creíbles. De santas nada tenían estas putas con las que andaba el Hijo de Dios, muy dado a sus Magdalenas. Cristo no resucitó, ningún muerto resucita. Lo enterraron de carrera y se lo comieron los gusanos. Ontológicamente hablando (que es como me gusta a mí, sobre todo cuando me dirijo a tan cultísimos lectores), la Muerte borra la resurrección. «Resurrección» sobra en el diccionario. Si el hippie Cristo se paró y ascendió al cielo, no estaba muerto. ¿Y en qué ascendió? Ah, eso sí ya a mí no me plantea problema: en cohete. Bolívar en cambio perseguía a su novia la Gloria en mula, en un humilde jamelgo que soltaba cada dos por tres ventosidades por el tubo de la cola. ¡Qué grotesco! Ha debido perseguirla en un brioso y taponado corcel.

Punto y aparte, Peñaranda, y no me dejes hacer párrafos largos que desorientan al lector. Pártelos por la mitad como con machete. Como con una de esas herramienticas desbrozadoras de rastrojos y cabezas que se estilaban en nuestro país antes de mi invento y con las que decapitamos a trescientos mil, o por ai, en la era de la Violencia con mayúscula, como la solían escribir nuestros cronistas dando cuenta del horror. ¡Pero la pronunciaban con minúscula! Nadie pronuncia con mayúscula. ¡No jodan más entonces con la ortografía! Ministro de Educación, Gabriel, o como te llames: me suprimes del pénsum escolar la ortografía, que los pobres niños de hoy viven ya de por sí muy angustiados viendo a ver con quién copulan.

¡Y somos un país cristiano consagrado al Corazón de Jesús! ¿Cómo quieren entonces que estemos? Basta ya de ese cabecilla de hipócritas, que en el diccionario de sinonimia española que estoy escribiendo para la RAE puse «cristiano» entre los sinónimos de «malo». El Corazón de Jesús es un perturbado mental que se sacó el corazón del pecho y se lo señala con el dedo todo lacrimoso como poniéndonos la queja: «Miren lo que me hicieron los judíos». ¡Qué te iban a hacer, marica! Si estos usureros exhibicionistas que se recortan la punta de la manguera para que digan que tienen mucho de donde cortar de veras te hubieran crucificado, estaríamos en deuda eterna con ellos. Pero no. No hay prueba alguna de la muerte tuya. Vos ni siquiera exististe, ¡cardiópata!

Los quejumbrosos judíos, que piden compasión pero que no la tienen, de zarpazo en zarpazo les han quitado a los árabes de Palestina su territorio. Que dizque es de ellos. Que dizque del pueblo elegido. Que dizque desde que salieron de Egipto. Que dizque desde hace seis mil años cuando dizque cruzaron el mar Rojo, que dizque se abrió de par en par para que pasaran y se siguieran dizque por el desierto del Sinaí que dizque se gastaron cuarenta años en cruzar, tras de los cuales dizque por fin llegaron a la Tierra Prometida, dizque un jardín de leche y miel. ¡Cuál jardín de leche y miel semejante yermo! ¿De qué manga se sacaron semejantes conejos tan orejones? De la Historia no, de la arqueología tampoco. ¡Cuáles seis mil años! ¿Por qué mejor no le ponen diez mil? Ay, tan prehistóricos ellos… ¡Y cuál Egipto! Allá no estuvieron. ¡Y cuál cruce de ese mar y ese desierto! No los cruzaron. ¡Qué se iba a abrir el mar y se iban a gastar cuarenta años para cruzar lo que uno se cruza en camello en dos días, o en jeep en unas horas! ¿Y quién vio que Moisés separó con su varita mágica las aguas del mar Rojo para que pasaran? ¿Cecil B. DeMille? ¡Cuál varita mágica! Moisés no existió. ¡Y qué es ese cuento del pueblo elegido! ¿Quién lo eligió? ¿Yahvé, el Dios carnívoro que el único animal que no comía era el cerdo por miedo a la triquinosis? ¿Y entonces por qué los ha hecho sufrir tanto si los quería? ¿Por qué los dejó gasear de Hitler en Auschwitz, Treblinka, Sobibor, etcétera? ¡Ah con estos circuncidados! Tan buenos para la usura pero tan crédulos. Están pues como las beatas de la catedral de Manizales que madrugaban a rezarle al Señor hasta que una mañana, cansado de tanta adulación, el Viejo se sacudió la tierra como se sacude un perro las pulgas para quitárselas de encima. ¡Y las sepultó bajo el techo y las dos torres! Si les está yendo mal en la vida, colombianos, no le pidan a Dios que les va a ir peor. Dios no los quiere por desechables. Por eso andan tan zarrapastrosos. Al que le pide, Dios sí le da, ¡pero palo, por haragán y mendigo! Trabajen, ahorren, no beban, no pichen, no coman y verán.

¿Y en calidad de qué hablo? En calidad de quien encarna el Estado y ejerce él solo los tres poderes: el Ejecutivo, el Legislativo y el Judicial. Yo, yo, yo. Yo soy el que ordena, yo soy el que manda, yo soy el que habla. ¡Nada de ejecutar leyes! ¡A ejecutar delincuentes! Si Colombia delinque, que pague. Si delinque uno, paga uno; si delinquen dos, pagan dos; si delinquen todos, pagan todos, que es lo que iremos viendo, si sí o si no. No se necesitan los tres poderes de Montesquieu, espíritu enmarihuanado y confuso que los equiparó a la democracia. Lo suyo no es democracia sino triplicación de funciones, despilfarro. Con un solo poder basta. Con el mío, el de la triple corona, el del que aquí dice yo y lo ejerce desde esta alta tribuna que domina la catedral y el capitolio, antros de ladrones, ensotanados o no, que voy a reducir a cenizas no bien termine este párrafo.

¡Cuánto engaño el de los adoradores circuncisos de Yahvé! ¿Y de los árabes qué nos dice? ¿Se salvan o no se salvan? No se salvan. Muy rezanderos y circuncidados también ellos, excretan una o dos veces diarias pero rezan seis. ¡Carajo! El bí-

11

pedo humano no se puede pasar la vida prosternado en tierra con el culo al aire rezándole a una entelequia que no existe, como no sea en el corazón podrido de sus clérigos. Alá es Yahvé, Yahvé es Dios, y Dios tuvo un Hijo, el Crucificado. ¡Ay, el Crucificado! Cristianos rastreros, adoradores de dos palos. Hoy por lo menos con las novelerías de los paturrientos tiempos que corren los han venido cambiando por tres: los de la portería de una cancha de fútbol.

—No son tres, Excelencia, son seis, porque en cada cancha hay dos porterías, cada una con su portero.

—Ah… Entonces vamos a hacer la cuenta en patas. Cada portero tiene dos patas y son dos porteros. Multiplicando las dos patas de los dos porteros por las dos porterías nos da ocho patas. Dos por dos cuatro y cuatro por dos ocho.

—Se equivoca, Excelencia, no son ocho sino cuarenta y cuatro patas porque son dos equipos, con once jugadores cada equipo, y cada jugador con sus dos patas. Once por dos y por dos, ¿cuánto da? Cuarenta y cuatro. Cuarenta y cuatro patas.

¡Las que sean! En todo caso, congratulaciones, excristianos, porque por más uñilargos que sean los de la FIFA, sustraen menos que los de la curia vaticana. Y el daño que le pueda hacer un balón inflado al ser humano se esfuma cuando se desinfla haciendo «pfffffrrr», como el tubo trasero de las mulas de Bolívar. En cambio el daño que le ha hecho el cristianismo al mundo durante dos milenios impidiéndole aparecer a la moral no tiene nombre. ¡Malditos los judíos y sus madres! ¿Por qué no remataron de un lanzazo al endemoniado Cristo cuando lo tenían inmovilizado en la cruz? La segunda oportunidad la veo calva.

Nunca he querido a esa gente. Trabajan y trabajan, acumulan y acumulan, ¿y total para qué? ¿Para qué si ni siquiera tienen cielo? Aprendan, judíos, de los musulmanes, que tienen montado allá arriba un paraíso donde Alá le da al que llega ochenta vírgenes para que se sacie en ellas como a bien le plazca. Ochenta esclavas sexuales que uno puede abrir, cerrar, doblar, desdoblar, oler, lamer, chupar y patasarribiar a su gusto, ¿qué más podría pedirle a su Dios un cristiano? Pásense al mahometismo, judíos y cristianos, que Alá da más.

¡Qué carajos! Mujeres es lo que hay de sobra en este mundo y tengo un mensaje urgente para Colombia que me escucha, sintonizada en todos los canales y emisoras de la tele y de la radio de la red patriótica que yo controlo y que me está transmitiendo en este instante mismo en vivo, pero grabándome por si algún día les falto y me les muero: «Colombia, mala patria, hija de España, hija de puta, te voy a enderezar, ¡torcida!» En cuanto a la China, la India, el Japón, Birmania, Tailandia, etcétera, ya iremos viendo. A cada capillita le llega su fiestecita.

«Tengo hambre, tengo hambre, tengo hambre», claman los desechables de Colombia mirándome a mí en vez de entornar sus ojos hacia el cielo, el dispensador de maná para los hambreados. ¿Y qué culpa tengo yo de que tengan hambre? Si tienen hambre, coman; y si no tienen qué comer, aliméntense de smog, que es el actual maná de Yahvé, muy nutritivo y sustancioso por sus características celestiales. ¿No ven cómo reverdecen las plantas? ¿O han visto alguna vez a una planta quejándose por el smog? Al que se le ocurra darle una vez por despistado a uno de estos pordioseros váyase preparando para tener que darle cada vez que se lo encuentre, sin poder quitárselo jamás de encima, cargando de por vida esa cruz. Y ni se cambie de acera pues él también tiene patas y se cambia. Y si ya cargan ustedes con una cruz, o con cinco, o con diez, o con veinte, prepárense para cargar la veintiuna. He ahí el precio que tiene que pagar el buen colombiano por vivir en el jardín de las delicias.

13

No se dejen arrastrar por la caridad cristiana que es alcahuetería. ¿Cuándo han visto pedir limosna al papa, colombianos? ¿O cuándo la dio Jesús? Me refiero al Jesús que se conoce con el alias de Cristo, no a Jesús Moncada, el trepador de montañas. Jamás dio limosna, Jesús, era avaro. O mejor dicho no tenía con qué porque no trabajaba, era un zángano. De muchacho haría algún ataúd o un par de camas en calidad de ayudante de su padre san José, que le enseñó carpintería. Después nada, no volvió a trabajar, se dedicó a vivir del cuento y de los peces que sacaban sus secuaces del agua. ¡Dizque los iba a hacer pescadores de almas! A un alma no la pesca ni el Putas, como dicen en Colombia. ¿No ven que es inmaterial? No vuelvan a dar, colombianos, que sumada a la carga demográfica el mundo padece hoy de la fatiga de los donantes.

Y no bien le dan ustedes a un desechable, ¿qué les dice? Les dice: «Que mi Dios lo bendiga» o «Que mi Dios se lo pague». ¡Con el «mi» posesivo, como si Dios fuera propiedad de ellos! ¿Y cómo va a bendecir Dios, siendo como es inmaterial y por lo tanto manco? ¿Acaso es papa? ¡Blasfemos! Por eso los frailes dominicos de la Santa Inquisición torturaban y quemaban en su nombre. ¡Qué se iba a ensuciar Dios tocando humanos! Y he ahí la razón de su insolvencia, la que le impide pagar. Como a mí. El dinero también a mí me asquea. Ni Él ni yo tocamos plata.

En todo caso Colombia ha sido más bien bondadosa con sus desechables: los metió en su nueva Constitución, que a nuestros constituyentes les salió maravillosa: ¡con doscientas veinte erratas! Por eso hoy disfrutamos de una constitución errática.

¿Y cómo despiden las mamás, en el país de las delicias, a sus hijitas cuando salen en la mañana para el colegio con su mochilita o fiambrera? «Que la Virgen me la acompañe, m'hija», les dicen. A una de estas niñas mochileras acompañada por la Virgen la violaron, ¿y de qué le sirvió a la nena la mamá de Dios? ¿Cómo puede confiar una madre colombiana, sabiendo dónde vive, en la que le puso los cuernos con el Espíritu Santo a san José, su legítimo esposo? «¿Y a mí qué me toca?» les preguntó la adúltera a los violadores, y uno de ellos, un rufián de cuchillo, mal encarado y con olor a pecueca, sin saber con quién estaba hablando le contestó: «Ve esta vieja marica…». Señoras madres: no les vuelvan a encargar a sus hijitas a la Virgen, que esta atolondrada mujer no sirve para un carajo. Mejor consíganles un guardaespaldas. O dos, para que cada uno vigile al otro. O tres, para que cada uno vigile a los otros dos. O mejor no tengan hijos, que aquí abajo ya no cabemos. Muéranse y se van p'al cielo a cantar en el coro de los angelitos.

Paso a Mahoma, el impostor, quien a diferencia de Cristo, que no existió, este sí, y fue esclavista, pederasta, contratador de esbirros y asaltante de caravanas. Cuando se tuvo que ir a estafar a Medina y los judíos de esta ciudad no lo reconocieron como profeta, cambió la quibla, o dirección hacia la que rezan los musulmanes, de Jerusalén a La Meca. Días hay en el año en que la temperatura de La Meca llega a los 50 grados a la sombra, sin que Alá les suavice el horno a sus adoradores con una brisita tan siquiera. Ni más ni menos como se comporta el Señor con los habitantes de Caucasia, Antioquia, que arden a la orilla del río Cauca, de donde les viene el gentilicio de «caucásicos». La suerte del hombre a Dios no le importa. Por eso en este valle de lágrimas todo es un continuo llorar.

Pero Mahoma da para un libro. Por lo pronto, pues me queda mucha tinta en el tintero para él, solo quiero recordarles a mis lectores de los cincuenta y dos países musulmanes que días después de que su profeta cambiara la quibla se lo encontraron sus secuaces excretando en un oasis con la cara vuelta hacia La Meca y el culo hacia Jerusalén. ¡Qué vengativos son los árabes! Por cualquier mísero reino de petróleo se matan entre sí padres e hijos, hermanos y hermanos. ¿Y para qué querrán petróleo en el paraíso, si allá les van a dar de a ochenta vírgenes por cabeza? A mí que Alá me dé también mis ochenta vírgenes aunque sean judías. O a falta de vírgenes hembras, sus hermanitos, aunque no estén vírgenes. En plato usado, si está limpio, también comemos los cristianos. Se lo tuve que explicar con detalle en una entrevista para la televisión a Margarita Vidal, una preguntona colombiana malintencionada que queriéndose pasar de lista me preguntó por mis gustos sexuales. No le contesté por mis gustos sino por mis aberraciones. Cuando acabé el detallado recuento dijo «Aaaaaaaah», con una *a* larga cargada de angustia, abriendo la boca como en *El grito* de Munch. Se había dado cuenta la pobre de lo que se perdió en la vida y yo no. Margarita, agua corrida, agua ida. Curate del vicio de preguntar.

El cristianismo adora a un loco que no existió, repartido en veinte engendros de la leyenda. Veinte Cristos, posteriores todos al año 100 y ninguno de antes, de los cuales el Nuevo Testamento refundió tres en uno, que es al que le rezan ustedes. En unas cuantas páginas de *La puta de Babilonia*, obra magistral si las hay, el mayúsculo embrollo de la existencia de Cristo ha quedado plenamente aclarado, y desenmascarada la más grande estafa a la humanidad. El autor ya murió, me quedé sin conocerlo. No la dejen de leer, la recomiendo. «Es más, Manuel, ministro, o Juan, o como te llames: a partir de hoy *La puta de Babilonia* se convierte en texto obligatorio del bachillerato colombiano. Y de paso me suprimes del pénsum las "humanidades", que todo lo que huela a humano apesta».

Tras la batalla del puente Milvio una de la veintena de sectas cristianas, la que se llamó a sí misma «católica» que en griego significa «universal», se convirtió en concubina del emperador Constantino, el vencedor, y para afianzarse en el poder, y no tener competencia en la cama, exterminó a todas las religiones del Imperio Romano y a las demás sectas cristianas, de cuyos veinte Cristos dejó tres, que mezcló en uno, lo colgó de una cruz y echó a rodar por el mundo la calumnia de que lo habían crucificado los judíos. Y ese triple engendro unificado es el que ustedes han venido adorando hasta hoy, colombianos. No más. Suficiente. Se acabó. Voy a descruzar todas las cruces y a dejarlas en palos sueltos para hacer mangos de escoba.

Al paso que refundía los tres Cristos en uno, la concubina, la gran puta, la que mi autor llama «la puta de Babilonia», juntaba el Antiguo Testamento con el Nuevo en un solo mamotreto que llamó la «Biblia», del griego «libro», como si este adefesio inmoral y estúpido fuera el libro por excelencia del *Homo sapiens* y la palabra de Dios. Baturrillo de textos mal escritos y sin autor conocido, todos apócrifos, la Biblia está escrita con una sintaxis primitiva que no conoce la subordinación y une las frases con la conjunción copulativa, ¡que ojalá tuviera que ver, por Dios, esta boba con la cópula o enchufamiento sexual! No, no se ilusionen, que libraco más aburrido no conozco. Leí esa mierda tarde en la vida, después de haber andado mucho. De niño leía *Doc Savage el hombre de bronce,* que publicaba la Editorial Molino de Buenos Aires. Y me entregaba a soñar. Me veía desde mi base de operaciones en el piso 86 del Empire State dominando el mundo, dato importante para mis biógrafos, pues si bien no llegué a dominarlo, por lo menos sí a Colombia. ¡Metí en cintura a esta yegua arrecha!

¿Saben en qué está escrito el Nuevo Testamento? ¡Qué van a saber! En griego. ¿Y el Antiguo? ¡Tampoco! En hebreo. El griego es una lengua indoeuropea y el hebreo semítica. Y yo os pregunto, eminencias: ¿podéis mezclar el agua y el aceite? ¿Y es que Dios puede hablar en lengua humana? No porque Él es simultáneo, sin pasado ni futuro, y todo lenguaje es sucesivo. Si Dios hablara, su eternidad tendría un antes y un después y se lo arrastraría el río del Tiempo. Que es el que me lleva a mí de culos rumbo al negro abismo. Tengo noventa y cinco años, ¿qué más quieren? Acabo mi misión aquí abajo en la tierra y me reúno allá arriba en el cielo con el Padre Eterno.

Nos llevó mi padre terrenal, herrero de profesión, humilde pero honrado (o sea pendejo), a conocer el Ferrocarril de Antioquia, orgullo de la raza antioqueña que me vio nacer, pero que ya desmantelamos porque cuanto aquí construimos lo tumbamos. Subimos al monstruo humeante en medio de un gran estrépito. Por sobre los silbatos de la locomotora y los chirridos de las ruedas sacachispas, que echaron a rodar, nos gritó entonces desgañitándose el humilde herrero: «Vayan ir viendo a ver qué ven por ese lado, que yo voy ir viendo a ver qué veo por este otro». ¡Qué íbamos a ver! Rastrojos en las cercanías, montañas en las lejanías, y una que otra vaca. ¿Y qué querían que viéramos? ¿Cisnes en un laguito? ¡Nooo, si Colombia es fea! La queríamos, sí, pero no por bella sino por lo buena que era con nosotros. Nunca nos mató. ¡Qué va a ser Colombia mala! Lo que pasa es que hay que entender: fiesta sin muerto no es fiesta y aquí vivimos muy bueno.

Después de que Lutero tradujo el engendro bicéfalo del hebreo y el griego al alemán han venido proliferando las traducciones a los restantes idiomas. Con decirles que hasta a las lenguas de la Amazonia y Australia lo han traducido. ¡A las de unos aborígenes de la Edad de Piedra con taparrabo, o sin tapa, vernáculos! ¿La palabra de Dios traducida? No se puede, porque las traducciones son aproximaciones a lo traducido y Dios es absoluto, no es más o menos. Curas, pastores, popes, rabinos, ayatolas, se acabó el engaño al rebaño. Los voy a fusilar, a degollar, a quemar. O lo uno, o lo otro, o lo otro, o las tres medecinas juntas. ¡Clerigalla!

No bien tomé las riendas de la mula patria, ¿y qué hago? Que me fajo los pantalones y anulo la prescripción del delito. ¡Carajo! Se me pegó la preguntadera y la respondedera y la presentitis de este país que se caga en todo, hasta en el idioma. ¡Qué le vamos a hacer! Por alto que uno suba no está exento de contagio. Y para refrendar mis palabras con hechos, que empiezo a fusilar: a Gaviria, a Pastranita, a Uribe, a Santos, a Timochenko, a Santrich y demás cabecillas de las mafias políticas y de la narcoguerrilla de las Farc. Desde hacía años no pegaba un ojo por la prescripción del delito. Tenía un sueño atrasado de más de una década. ¡Qué descanso acabar con semejante aberración jurídica! Y no solo jurídica, ¡moral! No hay sociedad posible sin el castigo al delito. ¿No ven que el hombre nace malo y la sociedad lo empeora? Se le debe castigar desde la más tierna infancia. Desde antes, incluso: desde la preinfancia. Primer castigo en la preinfancia: arrancar al bebé de las tetas de su madre cuando esté mamando plácido para que chille, y volverlo a enchufar. Segundo castigo: volverlo a arrancar y volverlo a enchufar. Tercer castigo: como los anteriores. Y así. Entonces él va razonando, aprendiendo, infiriendo, coligiendo, captando. Y lo que más importa: entendiendo que lo que le espera en la vida no es precisamente leche y miel.

Ya saben pues, paisanos, que delito cometido aquí se paga sin importar el status del delincuente ni el tiempo transcurrido. Los de arriba, los de abajo, los del gobierno, los de la calle, los del ejército, los de sotana, todos pagan. Y no me pregunten cómo, que yo les digo: con la vida del que delinquió. Y si por defunción o fuga no aparecieren los Gavirias, los Pastranas, los Uribes, los Santos, los delincuentes, pagan con sus vidas sus hijos y sus madres. Lo único que ha prescrito pues en Colombia conmigo es la impunidad. No existe más. Les estoy hablando a ustedes, los que les vendieron baldosas para ciegos a los alcaldes, unas baldosas con resaltos para que los ciegos las fueran tanteando con su bastón y pudieran ver. En veinte años que llevan con este peculado bellaco no he visto un solo ciego, pero ni uno, tanteando las baldosas, porque si bien por la mitad de la acera va la línea de las baldosas con resaltos y a lado y lado las normales, ¿apenas se acaba la acera qué? ¿Cómo cruza la calle, o la avenida, un ciego, si yo, que veo, a duras penas logro pasar, sacándoles el cuerpo a los cafres del volante? Van veinte veces que casi me matan. No llegarán a la veintiuna porque antes los muertos van a ser ustedes. Y empecé a fumigar desde arriba con mis helicópteros artillados y desde abajo con los kalashnikovs de mi ejército. Ta-ta-ta-ta-ta-ta-ta-ta-ta... Iban cayendo los motociclistas con las hembras culonas que llevaban adosadas a sus espaldas. De ahí resultó la que la Historia de Colombia conoce como «la matanza de los diez mil». Pero eso lo cuento luego, porque para evitar la confusión del lector un libro de memorias debe avanzar cronológicamente, parte por parte. Ahora estoy en mi infancia. Sigue mi juventud. Después mi vida adulta. Después mi ascenso al poder en mi edad provecta. Después Dios dirá. Con mayúscula «Dios», ¿eh? Nunca lo pondré con minúscula. Toma nota, Peñaranda, que eres bruto. ¡No sé cómo te tengo de amanuense!

Alcaldes y baldoseros, sobornadores y sobornados, ¿cómo piensan reparar el mal que nos han hecho? ¿Cómo evaluamos el daño en plata y en estorbo? ¿Cómo nos van a indemnizar? No veo forma. Váyanse despidiendo entonces de sus vidas y sus bienes, que ya saben: desde la imprescripción del delito que impuse no bien llegué al poder, si se fugan de Colombia y no logro alcanzarlos con un dron, pagan sus hijos, sus mujeres y sus madres. Me importa un comino matar una madre. ¡Madres es lo que sobra en este mundo!

Mediando el siglo XX y estudiando yo en primaria con los salesianos le consagramos el país al Corazón de Jesús.

Como parte de las celebraciones de la coronación de este trastornado cardiópata salimos los colegios de Medellín con nuestras bandas de guerra, marchando al son de cornetas y tambores en solemne procesión. Pero no vayan a pensar que aquí todo en el país eran delicias. En el vasto campo de Colombia el infierno ardía. Había estallado en él la guerra no declarada entre conservadores y liberales y se estaban bajando los unos a los otros las cabezas a machete. Cabezas cercenadas, embarazadas desventradas, maridos emasculados, aldeas quemadas... Y no me pregunten por qué, que ya la Historia lo ha contado hasta el cansancio. Infórmense.

O mejor no, yo les informo, que para eso estoy: yo soy la memoria y la conciencia de Colombia. Su mala conciencia y mi buena memoria. Se mataban por una razón cromática: porque los conservadores eran azules y los liberales rojos. Se degollaban, se macheteaban, se odiaban cromáticamente hablando. Fui con mi tío Ovidio al río Cauca a ver. ¿Y qué vimos en el río?

Noruegos, suecos, daneses, escandinavos, ustedes viven en países aburridos donde no hay nada que hacer ni que ver y por eso se alcoholizan. ¡Pobres! En esos fiordos helados, con un frío bajo cero que encoge las membranas, no es que digamos que nacieron para el sexo. Vénganse para acá, que acá es muy bueno, se van a convertir en unas fieritas sexuales.

Vimos pues, arrastrados por la corriente, un desfile de liberales decapitados que iban pasando ante nosotros silenciosos (claro, porque al perder la cabeza habían perdido de paso la lengua), acariciados por el manso chapoteo de las aguas. Shhhhhhhh... Solo se oía el rumor calmado del río, que, por excepción, bajaba callado, con un ánimo luctuoso. Porque el Cauca usualmente, en su estado normal de río de tierra caliente, se sale de madre y arrasa. Sabíamos que eran liberales por el olor. Los conservadores olían a azul y los liberales a rojo. Los gallinazos, nuestros buitres, avecitas negras de vuelo largo que no sabían de cromatismos, no hacían distingos, comían parejo, tenían hambre. Y les iban sacando las tripas a los cadáveres como un niño la cuerda a un muñequito de cuerda. «¿A dónde van esos señores sin cabeza?» le preguntaba yo a Ovidio, que todo lo sabía. Y él: «Rumbo al mar». Y esa era toda su respuesta. Me dejaba más o menos en veremos. Que por lo demás es como siempre he vivido, entre que sí y que no. «¿Y qué les están haciendo los pájaros negros, Ovidio, a esos señores?» «Limpiándolos de porquería». «Ah…»

¡Qué niño tan lindo era yo! De los pederastas me salvaba porque tenía gafitas y me veían feíto. ¿Feíto yo? ¡Qué va! Feíto no, bonito, salí a mi papá. Feo mi abuelo, Leonidas Rendón Gómez, de nariz grande y ganchuda, engarrotados los dedos de las manos y los pies, poco pelo en la cabeza pero mucho en la nariz y en las orejas. Una abejita de Santa Anita, nuestra finca, que se le metió en el rastrojo de la nariz, ya no pudo salir viva. Se la sacó él con un dedo muerta. ¡Como para exhibirlo en una feria de pueblo en México junto a la mujer araña! Se habría hecho millonario. Terco e irascible además, el apelativo Rendón coronaba el adefesio. ¡Qué apellido más feo! Y sin embargo no concibo a mi abuelo sino con el nombre y los apellidos que dije. Cuando lo extraño y lo quiero ver cierro los ojos y pronuncio en voz alta «Leonidas Rendón Gómez», y milagro hecho: se corporiza en su vera efigie, y como un niño de escuela cuando pasan lista responde: «Presente». ¡Cómo te quiero, abuelito, la falta que me haces! Qué pena no poder decir aquí que eras bonito, pero desafortunadamente las memorias exigen veracidad, no son como las novelas. Es condición sine qua non del género. Además, por la verdad murió Cristo. El bonito era yo.

Lo quería, claro, ¡pero las palizas que nos dio! Desenfundaba iracundo el zurriago, ¡y a calentar nalgas! Y yo siempre tierno con él. ¡Cuánto lo lloré cuando murió! Pero la muerte de este abuelo mío, el materno, el único pues al otro no lo conocí, ocurrió estando yo en Roma, habiendo dejado atrás mi niñez en Santa Anita. Que es de la que les quiero hablar ahora, pero el pasado entero se me viene encima en avalancha. Concediéndome una licencia cronológica, pues se me puede olvidar después lo de Roma dado lo olvidadizo que estoy, allá andaba estudiando cine. ¿Estudiando? ¿Cine? Tal el pretexto. La verdadera y única razón del paso del marrullero joven por la Ciudad Eterna fue el sexo. A él se entregó en cuerpo y alma (más en cuerpo que en alma). Eran los tiempos de *La dolce vita* de Fellini. ¡Qué película más inocente y boba! Para mí Fellini era un Gabito, un güevón, y su Roma un convento de clarisas. La lujuria, alcahueteada por la noche, celebraba en el Coliseo y en el Janículo sus saturnales. El marqués de Sade palidecía de envidia en su tumba. Yo izaba la bandera y ponía el nombre de mi patria en alto. ¡Esa que ardía era Roma! Nunca Fellini se metió entre esos socavones. Su mujer, Giulietta Masina, no lo dejaba.

Vuelvo pues a mi abuelo vivo en Santa Anita, la finca suya y nuestra ya que mi padre, su yerno, la compró con él en compañía. Mi padre puso la mitad de la plata y el piano; mi abuelo la otra mitad y ni una dulzaina: tocaba el *Ciribiribín* en una hoja de naranjo. Y mi calvario empezó cuando se le metió en la cabeza tocarlo en el piano nuestro. Entonces yo, niño prodigio de seis años que con puñetazos y glisandos le sacaba al instrumento príncipe de la música resonancias inéditas, prokofiadas, de apaleado por él pasé a ser su maestro: «Mi bemol no, abuelito, mi natural porque te transporté el *Ciribiribín* a Do mayor para que se te facilitara. Empezá otra vez». ¡Y a darle otra vez! Iba tocando la melodía con los dedos de la mano derecha, en tanto con los de la izquierda iba levantando los derechos que había usado porque se le quedaban pegados como con engrudo en las teclas. «Abuelito, vos no naciste para el acompañamiento, resultaste entre sordo y monódico. No se te desarrollaron bien las neuronas del área auditiva del cerebro como a Mozart. No insistás, dejá esto». Que no. Que él quería tocar el *Ciribiribín* en el piano. Y vuelva y empiece. ¡Lo que me hizo sufrir! Casi tanto como mi hermana Gloria, que no bien cumplió los cinco años (yo de catorce) decidí convertirla en una niña prodigio estilo Liszt. «Glorita, amorcito, te vas a convertir en una virtuosa (tampoco en mi casa la iban a dejar pecar), y los aplausos de la Sala Pleyel de París van a resonar en Colombia. El presidente Laureano Gómez te va a condecorar con la Cruz de Boyacá». Laureano, conservador, era bueno: solo mató a mil quinientos. Genghis Khan, liberal, era malo: mató a un millón setecientos cuarenta y ocho mil en una hora. Si se equivocaba Glorita, primero yo le corregía dos o tres veces con paciencia. Pero a la cuarta le mordía el dedo errado, y a la quinta la cabeza. «Así no, maldita. Así, con el índice». Y después de mordérselo, ¡tas!, le quebraba la diadema, y con las sonatas de Mozart de la Editorial Schirmer le daba en el área auditiva del cerebro a ver si se le despertaba. Se echaba a llorar y me aumentaba la ira: quebrada la diadema, que podía estorbar, agarraba por el pelo a la malograda pianista, que chillaba como un marranito de los que acuchillábamos en navidad para celebrar el nacimiento del Niño Dios, y arrastrándola por la sala la sacaba al jardín para sacudirla allí, en un campito despejado de bifloras y geranios, como desempolvando una sábana. Mi mamá y mis doce hermanos (después fuimos veinte) me la quitaban entre todos de las manos a la fuerza. Andando el tiempo leí una pieza de teatro de Ionesco titulada *La lección*, en que el maestro desesperado mata a la alumna, y me dije: «Ionesco tiene razón». Nunca lo conocí. Mi hermano Darío sí, en Bogotá (no sé a qué fue allá, a lo mejor por coca), y me moría de la envidia. «¡Tuviste el sol enfrente y no te diste cuenta, güevón!»

Mientras se le engarrotaban pues los dedos de la mano derecha, la melódica, y los tenía que ir levantando con los de la izquierda, la acompañante (pero inactivada para el acompañamiento por su nueva función), a mi abuelo le empezaban a correr gruesas gotas de sudor por la calva y por la frente. Una cascada de canicas translúcidas. O un rosario de lágrimas de la Virgen. Muy poético. ¡Cuánto te he admirado y querido, san Eugenio Ionesco, santo franco rumano o rumano francés! Todavía te rezo. Creo en ti. Por ti no pierdo la fe. «Abuelito, me están dando ganas de morderte la cabeza».

«¡Tres! ¡Tres! ¡Tres!» dijo el reloj de muro del comedor de la finca Santa Anita enfriando mis instintos criminales. «Abuelito, dieron las tres, tu recreo. Salí a los corredores y a los patios a correr, a ver si se te despejan las neuronas. Para un cerebro ofuscado no hay como el sano esparcimiento». Y mientras el viento iba abanicando las buganvilias de los patios de Santa Anita y las hojas muertas iban cayendo sobre el embaldosado rojo con la suavidad de los copitos de nieve en el invierno de Nueva York, me complacía en el silencio. Odio el ruido. E incluyo en él la música: Mozart, Gluck, Francisco Canaro… Se prohíbe la música en Colombia: en los supermercados, en los buses, en las discotecas, en las tiendas, en la ciudad, en el campo, en los burdeles… Las vibraciones del aire que llaman música me producen rayones electrizantes en lo que llaman alma. En cuanto al rap, por mi noveno sentido, el sinestésico, me huele a mierda. El ruido de la música contamina el Universo. Nadie volverá a atropellar aquí con lo que le gusta al que no le gusta. Por fin llegó a Colombia el Estado con el que dijo «¡Basta!» Se me van con su música a otra parte, musipuercos. ¡Y nada de silbar como manifestación de di-

25

cha, que la dicha ajena ofende! ¿No les enseñaron en sus casas el respeto a los demás?

Cristo no quería a los animales. A los fariseos los llamaba «serpientes, raza de víboras», y a Herodes «zorro». Que dizque no había que tirarles las perlas a los cerdos, y a una piara de estas inocentes criaturas que ningún mal le habían hecho les pasó los demonios de un endemoniado para que enloquecidos corrieran a arrojarse al mar, al Mar de Galilea o Lago de Tiberiades en la región grecohablante de los gadarenos por donde andaba este demente reclutando pescadores para sus disparates: les lavaba el cerebro con el cuento de que en vez de peces iban a pescar almas. Yo veo en chino agarrar en una red o con un anzuelo un alma, pero en fin, los milagros son los milagros. Lo que no me cuadra es que cuando el orate resucitó y les dijo a sus pescadores de almas «Tengo hambre, dadme de comer», le dieron pez asado en vez de un alma asada.

¡Qué ser tan malo este hippie que se decía Hijo de Dios! ¿Y por qué entonces no respetaba la obra de su Padre? ¿O es que las serpientes, los zorros y los cerdos nacieron por generación espontánea a lo Lamarck? ¿No los hizo pues su papá el quinto día de la creación? Lo que pasa es que el hippie de Galilea no tuvo padre como decía, sino madre: la puta leyenda que lo parió.

¿Y es que en los tiempos de Herodes el Grande y su hijo Herodes Antipas había perlas en Palestina para podérselas tirar uno a los cerdos? Serían las que sacaban del Lago de Tiberiades en sus redes, como escoria, los pescadores de almas…

¡Conque «civilización» judeo-cristiana la barbarie de Occidente, la de los mataderos! El cristianismo continúa en su infamia al judaísmo, basura de la humanidad que se consolidó como religión en el gran matadero del templo de Jerusalén donde la tribu de los levitas centralizó el monopolio de la carne en Judea. Sucesores de esos asesinos de animales son los rabinos de hoy, que ofician en los mataderos y carnicerías kosher. ¿Y han alzado su voz para denunciar la existencia de estos infiernos del horror los curas católicos, los pastores protestantes o los popes ortodoxos? En siglos no han dicho ni «mu», como dicen mis hermanas las vacas, a las que explotan: no les dan prestaciones, no les dan vacaciones, no les dan jubilaciones, pero eso sí, se toman su leche y con ella hacen mantequilla y quesos. ¡Esclavistas! ¡Carnívoros! ¡Lacayos de Dios!

Los cerdos, mis hermanos, se libraron de los judíos y los musulmanes por considerarlos dizque impuros, pero cayeron en las fauces de los omnívoros cristianos, que comen de lo qui haiga. En Colombia, en navidad, acuchillan a los cerdos para celebrar con un ritual monstruoso la venida al mundo del Niño Dios. ¡Cómo va a ser Dios un niño! Además de infames mis paisanos son muy brutos. Eminentísimamente brutos. Si hay alguien bien viejo, pendejos, en el Universo es Él. Este Puto Viejo tiene por lo bajito quince mil millones de años, cuando harto de Sí Mismo explotó en el Big Bang.

Cristo por su propio poder en la «ascensión», y la Virgen llevada de la mano de su suegro Dios en la «asunción», subieron al cielo en cuerpo y alma. ¡Puta madre! ¡Más contaminación de la que ya tenemos en este basurero que orbita la Tierra! ¿No ven que la más mínima partícula de chatarra espacial puede destruirnos la nave en que vamos huyendo de este planeta inviable por consejo de Stephen Hawking? ¡Me bloquearon la salida, cabrones! Este genio de la Universidad de Cambridge, donde sucedió a Newton, sí alcanzó a salir, ¡pero se lo tragó un agujero negro! Los agujeros negros son los culos por donde respira el Universo. No pierdo la esperanza de encontrar en uno de ellos a Dios. «Tened fe y veréis qué cosa son los milagros» dijo san Juan Bosco, el amante de santo Dominguito Savio, patronos ambos de los pederastas y los gays por mi *Maiorem hac dilectionem,* un motu proprio mío, pontificio.

27

Y no me pidan razones que no tengo más que la que adujo Mussolini *il duce* (*il duce* soberbio de pequeño pene napoleónico), hablando ante el monumento de la plaza Venecia en Roma: «Perché la mia volontà così lo voglie». Que traducido al cristiano significa: «Porque así me canta el culo».

Cuando estudiaba cine en Roma los romanos llamaban a ese monumento «la máquina de escribir» porque les parecía una Olivetti. Pues en la plaza de esa Olivetti me escribí una de las páginas más fulgurantes de mi disoluta juventud: me levanté un romanito de dieciséis años tiernos, casi un niño de los que le gustaban a Cristo («Dejad que los niños vengan a mí porque de ellos es el Reino de los Cielos», o sea su casa, el degolladero), pero que resultó una fierita del sexo, y me lo llevé al *Albergo del Sole* de la plaza *Campo dei fiori* donde me alojaba: un hotelito humilde porque yo era pobre porque mi papá era honrado porque no robaba y poco más me mandaba. Y ¡adiós pantalones, adiós calzoncillos, adiós medias o calcetines, adiós puta moral cristiana! Volvimos al comienzo, al jardín de las delicias donde a nuestro padre Adán en pelota, como lo hizo Dios, le colgaba del bajo vientre una serpiente que por la tentación de Eva se irguió. En ese hotelito tuvo lugar mi epifanía y Dios es testigo, Él vio. Encerrados con doble llave en mi cuarto no fuera a entrar cristiano hambreado a husmear, pulsándole al angelito de arriba abajo su templado cordaje le di un concierto al Señor, o sea al Creador, o sea al Gran Voyeur que todo lo sabe porque todo lo ve porque todo lo hizo y que sin poderlo creer nos miraba boquiabierto por un agujerito que había perforado con un taladro en la pared: nos doblábamos y desdoblábamos, nos enchufábamos y desenchufábamos, nos compenetrábamos y descompenetrábamos. Nuestras almas se volvían cuerpos y nuestros cuerpos almas. Hace cuatro siglos, en la plaza de ese hotelito la Iglesia quemó a Giordano Bruno por sostener que el Sol era otra estrella y que Dios no eran tres como creen los cristianos sino uno solo como creen los judíos y los mahometanos. Y sí. El Sol es otra estrella y Dios un cornudo de un solo cuerno y no un tricórnico.

¿Ven por qué ando metido en memorias? Porque tengo mucho que contar, y por azuzar la envidia de mis enemigos o «detractores», como les dicen ahora, entre los que sobresalen por su empeño dos opinadores de periódico que gratuitamente, *urbi et orbi, motu proprio*, echan a volar mi nombre con repique de campanas: un huerfanito sexagenario de apellido Faciolince y barba blanca de abad; y el último nadaísta de Colombia, un hippie viejo de Cali al que en la pila bautismal su madre le puso «Jota», sin saber que en México significa «marica». Pero no, él no es. No se le arrima ni hombre, ni mujer, ni perro, ni quimera. Huele a fuga de gas.

Cuenten conmigo, detractores, que desde aquí los eternizo. A mí me sobra gloria para repartir entre los hambreados de este mundo, y maíz para mis hermanas las palomas.

¡Ah tiempos idos! Ese Centro Experimental de Cinematografía de Roma donde estudié dirección de cine durante un año y que me sirvió para un carajo... Esas fontanas cantarinas de la *piazza* Navona donde se orinaban los gringos sin saber que eran de Bernini... Esa juventud disipada en la ciudad de los papas... Ese desenfreno sexual con panaderitos sucios pero blanqueados de harina en unas callejuelas mugrosas... ¡Cuánto ragazzo, cuánto episodio que contar, cuánto gozo, cuánta mugre! Nací feliz, viví feliz, muero feliz, libre de toda atadura de la lengua y la moral. Gracias, Diosito. Gracias también a mis detractores por haber avivado con su odio la chimenea (la culpa es mía por ponerme a contar plata ante los pobres). Y gracias, en fin, a mi patria que en el curso de tan luengos años me ha brindado bellezas a granel, hoy muertos o envejecidos pero ¡ay!, qué le hacemos, todo pasa y se olvida y los recuerdos se borran como si las cosas que fueron no hubieran sido, hasta que por fin llama a nuestra puerta, con un suave llamar o a patadas (que le faltaron a don Quinto Horacio Flaco en su verso), mi señora Muerte, misiá Muerte, cuya obra de misericordia nos acompañará hasta el final, el camposanto, para echarnos al fondo de la fosa y acabarnos de borrar con sus paletadas de olvido. Consideremos pues el olvido, cristianos, como la refrendación de la muerte. Si algunas páginas quedaren en blanco en este humilde libro de memorias por no haberle resultado al encuadernador pliegos exactos cuando lo imprimieren, que mi editor las llene con el odio de mis detractores, que más vale insulto que nada.

Cumpliendo el mandato bíblico de creced y multiplicaos, nuestros dos partidos se han ayuntado y multiplicado y hoy tenemos como veinte: el partido de Uribe, el partido de Santos, el partido de Petro, el partido de Vargas, etcétera. Y en el etcétera merece mención aparte el partido de Mockus, un hombrecito de ascendencia lituana cuyo nombre de pila «Antanas» significa, en su idioma de procedencia, «culo de mandril». Pues cada tanto, cogiendo en cada ocasión a Colombia de sorpresa (este país nunca aprende), se baja los pantalones y le muestra el antanas. Y el país aterrado, con todo y lo asesino que es, no le da crédito a sus ojos. Lo tuve que fusilar porque siendo alcalde de Bogotá mandó electrocutar a 400 perros callejeros. Aquí el que quiera robar en grande monta su partido, y si sube al solio de Bolívar, como llaman aquí a la presidencia, reparte el botín entre los amafiados. Me precedió, inmediatamente antes de mí, un marranito repartidor de puestos que hizo el titiritero Uribe al vapor, de suerte que de un instante al otro, sin mover el culo como su mentor que vivió en campaña día y noche, sentó sus nalgas en el solio. También lo tuve que fusilar, pero sin odio. Si no, aquí no aprenden. ¡Qué remedio!

Con la determinación de las Fuerzas Armadas de Colombia, que me montaron creyendo que me iban a manejar e iban a seguir atracando impunes en las curvas de las carreteras, se acabó la farsa. Fusilé a unos cuantos generales y la oficialidad cobarde entró en el aro.

Cinco mandamientos y verdades para que los tengan muy en cuenta, colombianos:

Uno, el colombiano nace malo y Colombia lo empeora.

Dos, el colombiano no tiene derecho a la reproducción (no sé de dónde se lo sacaron).

Tres, el colombiano no comerá nunca más animales.

Cuatro, el colombiano solo excretará vegetales.

Y quinto, Madre que pare, madre que se fusila para que abra campo. El bebé se le arrancará de las glándulas mamarias a la degenerada para que lo alimenten las lobas.

Sentado en la terraza del café que lleva por nombre mi apellido, en un descansillo del poder que me he otorgado vengo viendo desde hace días un fenómeno monstruoso: surgiendo de la oscuridad de la noche se precipitan unos búhos como rayos sobre las ratas que hurgan buscando comida en los botes de basura que sacan al camellón de la avenida los restauranteros de enfrente: las toman con sus picos de donde pueden y se las llevan. He ahí una prueba más de las mías contra la tan cacareada bondad de Dios. Segunda prueba accesoria y confirmatoria: un búho que se ha llevado una rata la suelta desde lo alto para que se estrelle contra el pavimento de la calle. Claro que Dios existe, pero es malo. La maldad del Cosmos Dios es infinita, no tiene límites y no hay forma de luchar contra ella. Por lo menos, no sigamos mintiéndonos. No es porque las estrellas y las galaxias exploten afuera o se las traguen los agujeros negros que se tragaron a Stephen Hawking, sino por el horror de la vida en este planetoide insignificante en que la evolución la produjo, en este rinconcito desventurado del Universo imposible de localizar porque las referencias jamás se quedan quietas en un conjunto sin límites. Y si ni siquiera sabemos dónde estamos pues el espacio no existe porque el continuo movimiento de todo lo borra, ¡qué vamos a saber a dónde vamos! Astrofísicos, metafísicos y cosmólogos, sintonícenme en sus radares y presten atención. La aparente quietud nuestra más la aparente quietud de lo que nos rodea producen el espacio, y el movimiento nuestro o de lo que nos rodea lo destruye y produce el tiempo. Por lo tanto el espacio no existe, solo el tiempo. De la quietud interna nuestra o de lo que sea, resulta la permanencia, y de los reacomodos internos nuestros o de lo que sea, resulta el cambio. Y no llegaré más lejos contando desde ahora hasta el momento de mi muerte, cuando con la venia de mí mismo pasaré a librarme del espacio, del tiempo, del movimiento, de la quietud, del cambio y de toda posible o imposible comprensión.

Va el coronel venezolano Juan José Rondón adelante de sus lanceros en una mole de caballos y jinetes esculpidos en centenares de toneladas de bronce y acero que desde una plataforma de lanzamiento oblicua parte como un misil contra lo imposible, la inconmensurable maldad de España. Este monumento, el más grande y más pesado de Colombia y que se levanta en medio de los verdes de un altiplano y las montañas circundantes en el departamento de Boyacá, representa la carga de los lanceros de Rondón que decidió la batalla del Pantano de Vargas y esta nuestra independencia. ¿Pero independencia de qué? ¿De quién? ¿De España? Los vencedores les quitaron los puestos públicos y los bienes a los vencidos, pero los vencidos les dejaron en venganza el más variado surtido de defectos, vicios y mañas que pueda albergar raza humana en la suciedad de sus turbias y dispersas almas. No conozco escultura más deslumbrante que esta de mi paisano de Antioquia Rodrigo Arenas Betancur. Y no lo digo por patriotismo, vicio que me quedó faltando, sino porque la mole de toneladas de acero y bronce que parece quieta ya se va, como un misil por el cielo azul a darle en la puta madre a la madre patria. Y dada mi manía por las comparaciones, que algo me ayudan a orientarme en el caos del mundo, la comparo con el *David* de Miguel Angel, y esta obra famosa como pocas, con todo y que esté hecha en un solo bloque de mármol dificultosamente tallado, se atomiza como polvo en el aire frente a la de mi paisano. Qué desilusión cuando vi a ese gigante parado bajo el techo de un museo, protegiéndose de las inclemencias del tiempo y en medio de un rebaño de turistas que le tomaban fotos, por delante, por los flancos, por detrás. Si por lo menos tuviera tamaño humano como el *Discóbolo* de Mirón… Y se moviera como la escultura de mi paisano… ¿Y David no era pues un muchachito armado de una honda? Un muchachito de cinco metros no es un muchachito, es un gigante, un Goliat.

Y para seguir con mi manía de las comparaciones, paso a comparar *El grito* de Munch con el *Guernica* de Picasso. El *Guernica* está mudo, *El grito* se oye. El cuadro de Munch es inquietante, el mural de Picasso una mierda. ¡Cómo estafa de lo lindo España acolitada por Francia!

Y para hablar en términos absolutos (no sea que las comparaciones ofendan a algún quisquilloso de mis lectores), de la literatura que quede el comienzo de *Lolita*, la pederastísima novela de Vladimir Nabokov; y de la música el aria *Divinités du Styx* de Gluck, más arriba de la cual no sube bípedo humano. En cuanto a la moral, pues la mía, la única, la del amor por los animales. Si acaso, súmenle la de Nabokov aunque con correcciones: que sea un niño, que por naturaleza es puro, y no una niña, que por naturaleza es impura; y

33

que el pederasta sea un viejo angelical y no un adulto lujurioso. Salvo atropellar a los animales, el viejo tiene derecho a
todo. Hasta a matar. Total, le dan la casa por cárcel. La mía
tiene dos jardincitos: uno adelante y otro atrás. En el de adelante, geranios; y en el de atrás, más geranios. Los niños son
malos, los viejos buenos. Hasta los malos. Como los jaguares
y los tigres de Bengala, que hacen el mal pero con inocencia.
A unos y otros hay que ayudarlos a bien morir. Y así queda
resuelto el gran problema moral de la existencia de los viejos
y las fieras en el tremendo desastre de la vida. Se eutanasian.

Y aquí me tienen, con mis Fuerzas Armadas bañaditas,
limpiecitas, despiojadas, y marchando al paso que les mar-
co. «¡Uno adelante, soldados, y apunten, pero ojo, que no
les vaya a recular en la cara el fusil, que les rompe la madre!»
Y no digo «¡Fuego!» por evitar lo obvio, el lugar común,
que detesto. Con una mínima señal del dedo meñique me
entienden: lo extiendo, lo subo y luego lo bajo un poco, y
como disparados por un resorte disparan. Y cuando las cosas huelen mal, subiendo con el labio superior la nariz emi-
to un extraño sonido de puras consonantes sin vocal, que
con resonancia del paladar dice algo así como «Mmfff». Me
lo contagiaron en Antioquia y no se puede traducir, ni siquiera al español, la lengua madre. Hagan de cuenta el guau
guau del perro.

En una excursión de pornomiseria, turistas, vayan a Bue-
naventura y a Tumaco, en el Pacífico, a conocer las «casas de
pique», donde pican a la gente (viva o muerta es secundario),
con motosierra, y la diluyen en ácido sulfúrico. Y a la plaza de
Bolívar en el corazón de Medellín para que vean a las mamás
y a las abuelas vendiendo a sus hijitos o nietecitos, de uno u
otro sexo, por dos o tres dólares: entre dos mil y tres mil millones de pesos, según los vaivenes de nuestras devaluaciones.
Y así tendrán un atisbo de la magnitud de la bonanza econó-

mica de Colombia, una «potencia emergente» como la llamó, con inventiva idiomática, nuestro Premio Nobel de Noruega el presidente Santos, ya fusilado. Y sí, emergente, pero de la Edad de Piedra.

Y aquí me tienen, curando a Colombia de sus innatas perversiones para bien del mundo. Donde no la meta en cuarentena, se le iba a contagiar esta peste. Me llamarán entonces «Salvator Mundi» y un príncipe petrolero saudita, de esos decapitadores, fratricidas y zánganos, me comprará en pintura en subasta por 500 millones de dólares.

Impermeabilizado a la adulación, el elogio se me chorrea como lluvia bobalicona por la cabeza y los hombros. Gobierno a los timonazos. Paso la nave del Estado rozando los arrecifes. Vivo muy aburrido. Harto. Me arriesgo. La vida es difícil aquí y donde sea, y la muerte ni se diga. Aunque el problema no es la Muerte en sí sino el tiempo que se tarde en llegar, y los achaques que nos traiga de regalo para justificar su tardanza. ¿No han visto a Alain Delon convertido en el jorobado Rigoleto? ¿Y a la Bardot, en una de las brujas de Macbeth? Nada me duele por lo pronto y remordimientos no tengo, pero tampoco el cuenco de bronce de Nostradamus para ver qué sigue. La única bondad posible de Dios para conmigo sería la muerte súbita y no anunciada, lo cual equivale a pedirle peras al olmo. En fin, lo que sea. Si logro curar a Colombia de sí misma y exterminar el cristianismo y el islam, habré coronado mi vida. Si no, ¡jódanse!

¿Ya les conté la matanza de los diez mil, mi más memorable hazaña? ¡Cuál retirada de los diez mil de Jenofonte! La superé. La superó conmigo Colombia. Dicho sea de paso (pues la vida también es de paso pues los que creemos en Dios nos vamos p'al cielo), Jenofonte competía con Alcibiades, el joven más bello de la bella Grecia, por el amor de Sócrates, el más feo. O sea que siempre hay esperanza en la vida, presidente Santos. Voy a tomar mi máquina del tiempo para conocer a Alcibiades, que me lo han ponderado mucho, a ver si sí. No me lo pienso perder. Así soy yo, lo quiero todo. Como me dijo en Nueva York mi amigo El Pájaro estrenando inglés: «A nosotros nos gusta todo lo *nice*». «No me metás en ningún plural ni mezclés el español con ese idioma tan feo. ¡Y la música! ¡Qué porquería la anglosajona! Mierda en polvo». ¡Y hablaba a décadas de que apareciera el rap! Yo soy medio visionario, ¿o no? Avanzo viendo leguas adelante. No miren para atrás, colombianos, que se los engulle el pasado. ¡O qué! ¿Se sienten muy orgullosos de su Historia? ¡Claro, como no la conocen! «Medellín es la ciudad más linda del mundo», me dijo un taxista en Medellín. «¿Y cuántas ciudades conoce usted?» le pregunté. «Pues esta», me contestó. «Ah, es que usted no ha conocido a Tegucigalpa —le contesté—. Yo sí. ¡No sabe qué terregal más hermoso!»

—Ve —me dijo El Pájaro—, ¿me podés dar el nombre completo de Alcibiades y el teléfono?

—Con gusto. Él se llama Alcibiades Clinias Escambónidas y el teléfono es el 120.

—¿Tan poquitos números?

—Es que en Atenas en el Siglo de Oro, aunque conocían el oro, casi no había teléfonos porque apenas estaban instalando los cables.

La «masacre o fumigación de los diez mil» ocurrió así: Un policía detuvo a un motociclista porque acababa de atropellar a un peatón. Pero el motociclista, de grosero (aquí son muy alzados), se sacó de la manga una botella de gasolina y quemó la moto. ¡Claro, como aquí no cuestan nada! Se las dan a estos cafres con la cédula, aquí ya todo el mundo compra a crédito (otra cosa es que paguen). El enjambre de motos que se le vienen encima al peatón cuando va a cruzar una avenida (digamos la Nutibara en Medellín), ustedes no tienen ni idea: en Medellín, en Bogotá, en Pereira, en la Sierra Nevada, en el Trapecio Amazónico… Hagan de cuenta un enjambre de moscas cuando huelen mierda. ¿Y qué hace un chofer de moto, o de taxi, o de bus, o de auto particular cuando ve a veinte metros un peatón cruzando la calle? Acelera… La sana lógica, la decencia, el civismo, la moral (y no digo el cristianismo, porque esta mierda es barbarie) indican que el chofer tiene que desacelerar un poco. ¿Un poco? ¡Acelera un mucho! Desafiando la sana lógica, la decencia, el civismo y la moral, hunde el acelerador hasta el fondo con la puta pata, echando humo por el mofle, o sea por el escape, el del carro.

Pues bien, para no hacerles el cuento largo como dicen en México, el motociclista atropelló al peatón, el policía lo detuvo, el motociclista se insolentó y quemó la moto, ¿y qué hizo el policía? Lo que habría hecho yo en su caso: le disparó y el motociclista cayó de bruces sobre el pavimento, con la cara mordiendo el polvo y el culo al aire. Acto seguido el agente de la ley le refrendó el primer disparo con otro, en la nuca. ¡Tas! ¡Se fue! Y santo remedio, nunca más el muerto volvió a atropellar en vida. Es la ventaja en Colombia de los muertos: que motorizados o no, en el cielo se olvidan del atropello. Algo se le baja entonces la presión a la olla. Si no, con todo y sancocho adentro, aquí explotaría.

El caso del policía fue al capitán, del capitán al inspector, del inspector al alcalde, y el burgomaestre me llamó a Bogotá por teléfono: «¿Qué hacemos, Excelencia, con el policía, que está detenido?» Y yo: «Pues suéltelo». Y lo soltó. Y que se sueltan como posesos mil motociclistas en la explanada del antiguo campo de aviación donde se mató Gardel, a atronar con sus motos sin mofle el aire en un estrépito que subía hasta la bóveda celeste. Y llamándome en coro, a voz en cuello, por sobre el estruendo de los motores y los tubos de escape de sus culimotos, «hijueputa». ¿Hijueputa yo? Mi mamá era loca, pero no puta. Y si hubiera sido, ¿qué? ¡A quién le importa! Que cada quien haga de su culo un garaje. O un parqueadero. Y sí. Este es un país libre. Lo último con que podría acabar yo es con la libertad de que han empezado a gozar ustedes. Y Libertad me la pones con mayúscula, Peñaranda, porque desde que leo en alemán se me contagió la mayusculitis. En cuestiones de idioma soy muy influenciable. Por eso desde hace años no volví a leer. Para que no me dañen el estilo.

Bueno pues. Esa noche le hablé al país por la televisión encadenada (o sea todos los canales en cadena, porque aquí no hay censura), y me dirigí primero a la nación, a la que le expuse el caso, y luego a los motoclistas a quienes conminé: «Salgan mañana y me repiten la que me hicieron ayer, a ver cómo les va, ¡cafres!» Y dicho y hecho, a las dos de la tarde del día siguiente salieron los cafres a repetirme, en la explanada del campo de aviación donde se mató Gardel, la escena del día anterior: diez mil motociclistas con sus motos sin mofles coreando en coro la maldita palabra que no volveré a pronunciar nunca. No contaban con mi astucia. Del cielo, como avispas toreadas, un enjambre de helicópteros artillados se les vino encima mientras desde abajo dos batallones con sus kalashnikovs apuntando los atenazaban por tierra desde los barrios de Belén y Guayabal, conectados unos y otros conmigo por el GPS, viéndome en persona, tal cual soy. Entonces, enfocado por las infinitas cámaras en medium shot según les indiqué (¿o para qué estudié pues cine en Roma, es que estaba allá pichando, o qué?), bajé el meñique. Ya no era necesario el índice porque para entonces a Colombia la tenía bien domada. La yegua cerril ya se dejaba montar de su amansador como la mansa oveja que montaba el Niño Jesús en un cuadrito que tenía yo en México pero que me lo destruyó el terremoto.

Y ahí fue el Armagedón. Iban cayendo los cafres fumigados como moscas. «¡Ay, ay, ay, ay, ay, ay!» gritaba la turbamulta aterrorizada, herida, salpicada de sangre propia y ajena, moribunda, muerta. Salí de nuevo esa noche en la televisión y por segunda vez me dirigí al país: «Que los diez mil quinientos veintitrés ejecutados de hoy (jamás en tan largo mandato mentí con las cifras) sirvan para escarmiento de los que quedan». Le había dictado a Peñaranda «sirvan para el bien de la patria» en vez del «escarmiento» etcétera, pero como no considero a esto ninguna patria, me dio cosita desearle el bien. También uno tiene su conciencita. Y vuelvo a mi alocución: «Ningún motociclista de Colombia atropellará nunca más en este país a un peatón porque otro atropellador como él, de igual forma que él, en una moto como él, puede atropellarle al papá, la mamá, la abuelita, el abuelito, el hijto, el nietecito, el hermanito, la hermanita, el noviecito…» O sea: maté a esos cafres para que no tuvieran que llorar ellos mismos después por sus deudos. Para ahorrarle a Colombia lágrimas. Genial mi argumento, ¿o no? Cuando me ponen una cámara enfrente, ¡se me ocurren unas cosas! Se me suelta la lengua como loro toreado con vino de consagrar.

Y que no me joda más Francisco con el cuento de que no puede haber pena de muerte, que hartos mató su Inquisición. Y no misericordiosamente a bala como yo: quemándolos cristianamente vivos. Ni siquiera en cadáver. Los dominicos, los agentes papales encargados de la gestión comburente, llegaban a crueldades inimaginables. ¡Los polvos atrancados que tendrían en sus depósitos genitales estos pobres esbirros de Domingo de Guzmán! Español tenía que ser este hijueputa… Treinta y tres santos dominicos tiene el santoral católico, entre los cuales san Pío V, perseguidor de judíos, de herejes y de brujas, y fundador del *Index Librorum Prohibitorum*, donde puso estas memorias. ¿Yo en el Índice? ¡Qué honor! Lo voy a sacar del pudridero de los papas y a quemar junto con los esqueletos de Uribe, Santos, Pastranita y Gaviria, arrepentido como vivo de no haberlos quemado vivos por las prisas de mi subida al solio: un tabrete de tendero de cuero tieso que es lo que tengo, y al que le puse unos tapones de caucho en las patas no se me vaya a resbalar cuando lo recueste en la pared y me rompa la crisma.

Mensaje del de la voz transmitido por la Voz de Colombia y dirigido al papa *urbi et orbi*: «Piche más, Su Santidad, para que le rebaje al mal que le hace al mundo, que el semen atrancado ofusca la cabeza».

Después, si hay ocasión, me explayaré lexicográficamente sobre el castísimo verbo «pichar», que no tiene nada que ver ni con el béisbol ni con la castidad. Por el contrario.

A Francisco se la tengo sentenciada. La guerra conmigo empezó con su antecesor Wojtyla, el delincuente polaco más conocido en su tiempo por el alias de Juan Pablo II, hoy «san Juan Pablito II» pues el pampeano Bergoglio, alias Francisco, con un *motu proprio* lo canonizó. Y ahí fue Troya conmigo. «Canonizaste a la alimaña más dañina de la tierra —le respondí en un *motu proprio* mío—. Más que Hitler, más que Stalin, más que Atila, más que Mao, más que Pol Pot, porque estos quitaban y tu canonizado ponía. Atenete a las consecuencias». Al sinvergüenza de ahora le hablo de vos porque él es argentino y yo antioqueño, y entre unos y otros acabamos con el *tú* del idioma. Detesto el *vos,* pero lo uso cuando les hablo a bípedos cuadrúpedos. Pienso imponer el *tú* en Colombia y reintroducir el *vosotros* en América por necesario, por imprescindible, para evitar confusiones. El *su* del *usted* da lugar a todo tipo de anfibologías y conmigo las cosas tienen que ser claras. Y le di veinticuatro horas al nuncio para desocupar el país: «Te me vas, travesti zángano, atá tus bártulos».

Así que ojo, pornoturistas: si les pide limosna un dese-chable y ustedes le dan, él les dice «Que Dios se lo pague», pero si no le dan, les dice «Hijueputas». ¡Qué importa, aquí van a gozar mucho! Van a ver lo que es miseria. Y si los in-sultan, no oigan. Total aquí «hijueputa» está más devaluado que el peso. Que les entre por un oído y les salga por el otro «haciéndoles lo que el viento a Juárez», como dice el presi-dente de México. Juárez es una estatua que representa a otro Juárez que vivió y se movió, más feo que ella, y que hace si-glo y medio se comieron los gusanos. Mató al emperador Maximiliano porque le quitó una novia. Tampoco era para tanto… ¡Mujeres es lo que sobra! Además Maximiliano era bonito y Juárez feo, y en cuestiones de amor y sexo prima la belleza y lo que cuelga del vientre sobre la justicia y la inte-ligencia.

—¿Y a sus enemigos personales, a los que a usted no le gusta que les digan «detractores», también usted los mató?

—¡Claro! La caridad empieza por casa.

Y oíme lo que te voy a decir, Bergoglio, prestá atención. Voy a acabar con tu Iglesia. Primero la voy a sacar de Colom-bia. Y después del mundo. Ni vos ni nadie podrá conmigo porque tengo el arma más poderosa que existe: la verdad. Y paso a hablarte del pueblito colombiano de Damaquiel, en el Urabá antioqueño. Te vas, hombre Jorge Mario, en tu jeep por la carretera de Montería a Turbo, pongámosle cua-tro horas. O cinco. Máximo seis. O siete. No bien sintás por el olor a sal en el aire que tenés cerca el mar, vas a ver a tu de-recha una carreterita polvosa, sin asfaltar, que entronca con la principal, por la que vos venís. La tomás. Descansás un poco la vista con las plataneras que hay a lado y lado entre pantanos y manglares (y si corrés con suerte hasta verás al-gún caimán), y a cuatro kilómetros está el pueblito: chozas, niñitos barrigones por las lombrices y semi en pelota, y sonando radios a todo taco… Radios hay muchos allá por culpa de la pobreza. Turistas pocos porque solo aparecen cada siete años y se van derecho al mar a ver un fenómeno extraordinario, como de relato del descubrimiento de América: una islita evanescente que aparece cada septenio en el mar picado (picado porque cerca desemboca el torrentoso río Atrato o estalla el Volcán de Fuego, no sé bien, escogé vos), y ahí permanece quieta, silenciosa, irreal, dos o tres días, para volver a desaparecer y reaparecer pasados los siguientes siete años, cuando vuelven los turistas. Hacé de cuenta un eclipse de Venus por Marte. Pero no hagás caso a lo que te cuento de la islita, que no es lo que tenés que ver. Cruzá a la menor velocidad que podás el caserío de Damaquiel y vas a ver que los niñitos barrigones que te dije van a salir corriendo detrás de vos gritándote: «Lléveme con usted, lléveme con usted, lléveme con usted». Claro que no te los vas a poder llevar porque con la infinidad de inmigrantes africanos que has recogido en el Vaticano salvándolos como Moisés de las aguas y dándoles de comer, estarás colapsado… ¡Qué bueno sos, Bergoglio! Como Wojtyla, recogedores ambos de indigentes. El cónclave te eligió para que salvaras a tu Iglesia de la anglización del mundo y el consiguiente avance de las sectas protestantes en su tambaleante feudo de la América Latina. Pesada cruz que te cayó encima por obra del Espíritu Santo, que iluminó a los purpurados. Ya te pusieron el disfraz, ya saliste al balcón, ya dijiste que te llamabas Francisco, ahora trabajá, persistí, perseverá. Y una advertencia: cuidate del Hijo de Satanás, que viene en camino con su tridente, cuernos y olor a azufre, trayéndole por fin al mundo la moral que tanto ansiaba: la de los deberes en vez de derechos, la del amor a los animales y el desengaño en los humanos. Mi moral pues, Bergoglio, ¡la moral! Mi verdad pues, Bergoglio, ¡la verdad!

Los médicos son sucios, apestan. Se ponen una bata blanca para disimular su podredumbre roñosa. Christiaan Barnard, el de los transplantes de corazón en humanos, murió de un paro cardíaco que sus colegas hicieron aparecer como un ataque de asma para tapar el ridículo. Que un cardiólogo que experimentaba matando perros para triunfar en la vida con el cuento de que iba a salvar humanos muera de un paro cardíaco se me hace otra prueba más entre miles de la existencia de Dios. Y de su justicia y bondad infinitas. Si lo que le dio al doctor Barnard fue un ataque de asma, pues con Ventolín santo remedio… Y Teodoro Césarman, el más famoso cardiólogo mexicano y el que hizo más plata, cuyas consultas sumaron 320 mil (que a 100 dólares por consulta vayan sacando cuentas), murió asimismo de paro cardíaco, pero dejándole a la posteridad un poemario súplica: *Quema mis versos*, que le publicó la Editorial Porrúa, pagado por él. En La Lagunilla, mercado mágico de la Ciudad de México donde los domingos encuentra el turista desde una lámpara de Aladino hasta una ladilla turca de las que pican en el bajo vientre, lo busqué durante domingos y nada. Algún madrugador se me adelantó para quemarlo, privándome de esa obra de misericordia que pensaba hacer. Pero si a alguno de mis lectores o pacientes (ya que también funjo a veces de psicoanalista y psiquiatra) le da por hacer versos, que se arme como yo de mi cajita de Fósforos El Rey, industria antioqueña. ¿De niño no quemé pues una iglesia? Pero sin querer, sin malicia alguna, inocentemente. Como cuando una beata de las que madrugan a prenderle velitas al Señor Caído que reina en el altar de las luminarias de la nave izquierda (izquierda entrando) de la iglesia de la Candelaria de Medellín, por la temblequeadera de la mano causada por la edad provecta deja caer la velita y desata un incendio, así fue el que prendí yo. ¡No por maldad, Dios libre y guarde! De niño yo creía en Dios. Y de viejo también. Creo que es un hijueputa. Y he aquí que el Señor Caído, coronado de espinas y con las rodillas sangrantes y ahora envuelto en llamas por la devoción de la beata, se hace a sí mismo el milagro y se levanta, y convertido en pavesas sube al cielo.

Como cardiólogo Césarman triunfaba por su espíritu tranquilizante. «Tómese su whiskicito —les decía a sus pacientes—, que usted tiene un corazón de veinte años». Y con sus corazoncitos veinteañeros iban cayendo fulminados los pacientes al salir de su consultorio por la misma puerta por la que entraron alentando, pero ahora muertos y desplumados y con el corazón parado. Para lo referente al corazón, el doctor Teodoro Césarman era un Viagra. Con el dramaturgo Wilberto Cantón, amigo mío y suyo y además su paciente, se portó mal. Por irse de vacaciones lo dejó morir en una operación a cerebro abierto, sin estar a su lado como Wilberto le había pedido para que le vigilara el corazón mientras le serruchaban la cabeza. ¡Cómo no voy a querer entonces a los médicos! Voy a ofrendarle a su dios Esculapio una hecatombe de médicos, digamos unos veinte mil, que supere a la de los motociclistas.

Tan pronto llegué al poder suprimí la Ley, la gran ramera, la meretriz proteica de Colombia que iba de gobierno en gobierno y de cama en cama y que escribían con mayúscula, como si uno escribiera con mayúscula Puta. Y la cambié por decretos. Decretos ad hoc, que para un país cambiante funcionan mejor. Un decreto borra otro decreto como los hombres de mañana borrarán a los de hoy. O como una gota de agua desplaza a otra y así se van acomodando en el andar del río. Hoy decreto que sí, mañana que no. No necesito parlamento, ni plebiscito, ni referendo, ni consulta. No tengo nada que consultar, nada que refrendar, nada que plebiscitar, nada que parlamentar porque yo soy el que soy, como dijo Dios.

El castigo a la mafia blanca empezó cuando se me ocurrió imponerles por decreto la refrendación de sus títulos en actos públicos y ante jurados de probada idoneidad y decencia, y presididos ¿por quién? Pues por mí. ¿O para qué estudié pues durante veinte años ciencias biomédicas? Botánica, zoología, taxonomía, microbiología, virología, parasitología, citología, histología, inmunología, oncología, neurología, geología, paleontología, biologías evolutiva y molecular, bioquímica, genética, ¡qué sé yo! Veinte o más. Me convertí en una Wikipedia andante. Después perdí la memoria, pero ahora la estoy recuperando gracias a mis admiradores, que me rogaron que escribiera este libro de memorias. Muy queridos, como dicen allá. Mi Dios se lo pague y los corone de gloria. Me van a convertir en un Funes el memorioso. ¿Que lo inventó quién? Pues Borges, el poeta sordo que por la ceguera no podía contar los versos.

¡Las vergüenzas que les hicimos pasar a los mafiosos de blanco! Nos íbamos cagando de uno en uno en público. No distinguían un virus de una bacteria, ni una bacteria de un protozoario, ni un eucariota de un procariota. Ni siquiera sabían que las vacas tienen rumen. ¡Y ni hablarles de hongos! «¿Qué es un hongo, a ver, doctores: un virus, una bacteria, una célula eucariota, o un protozoario?» Apagón mental, silencio mudo. Como si les estuviéramos hablando en chino. De veinte mil que se presentaron, no pasó la refrendación de título ni uno. Así que a ir a atender a sus madres, charlatanes, farsantes. ¡Ni caligrafía aprendieron, oráculos de Delfos, hideputas, y escriben arrevesado para que nadie les entienda! Les apliqué la mesma medecina que a los motociclistas: fumigación desde arriba y desde abajo.

Educar a un país se me hace dificilísimo. Ni idea tenía del cataclismo que iba a producir por aceptarles la oferta a los militares. Entonces me dije: «El cataclismo lo voy a convertir en hecatombe». Y yo lo que me digo lo hago. A mí jamás me miento ni me traiciono. Y de día, de noche, dormido, despierto, me conozco. Lo que sí no recuerdo es si la masacre médica precedió a la motociclística o fue al revés. Que la Historia lo resuelva. Tengo problemas en las áreas de la corteza del cerebro donde se almacenan fechas y nombres y caras de gente. Los unos se me confunden con los otros o con cosas. Un ejemplo: confundo a un nadaísta de Cali con un inodoro. Y a mi mujer con un sombrero. Pero lo grave es que no tengo mujer y jamás he tenido sombrero. Eso sí, como las pérdidas en un área del cerebro se compensan con ganancias en otra, desde el presente veo el pasado y el futuro como uno solo. Como si la Trinidad del Tiempo —presente, pasado y futuro— se me hubiera vuelto la Simultaneidad de Dios. Y me pregunto: ¿El Tiempo gira en redondo como un reloj? ¿O va derecho como una flecha? Si vuelve sobre sí mismo como el reloj, está dando la vuelta del bobo. Si va huyendo de sí mismo como la flecha, ¿a dónde va? No me deja dormir el problemita. Más los que tengo con Colombia… La masacre de los matarifes y los carniceros, ¿fue anterior a la del Congreso? ¿O posterior? Lo que sí recuerdo es que la del Congreso la presidí yo. Me fui con mis tanques y kalashnikovs al Capitolio y entramos diciendo: Ta-ta-ta-ta-ta-ta-ta… Cantándoles la cumbia de la metralleta. ¡Qué apoteosis! Los soldados los uso, uno, para salvar a Colombia de su enfermiza manía de persistir (cual una piedra que quiere seguir siendo piedra). Y dos, para salvarme de mí mismo y de mi soledad. Nacimos programados para la cópula, diurna y nocturna, no se engañen. El quid de la cuestión es: ¿con quién y para qué? Ah… Eso ya lo iremos precisando más adelante, la cosa no es tan simple. Por lo pronto les anticipo que queremos ser más de uno, que es lo que somos. Queremos ser dos, tres, cuatro, cinco, seis, siete… Dependiendo de la cuantía de la orgía.

¡Los banquetes que di en palacio, ni los Krupp! Banquetes de esos no había olido Colombia ni en sus más delirantes sueños olfativos. Colombia se contenta con un carrito «o ya de perdida», como dicen en México, con una motocicleta. Quiere vivir de fiesta en fiesta, con un calendario homogéneo de festivos sin laborables, para poder sacar a las calles las motocicletas y los carros y sentirse acompañados de los demás, felices, en el Gran Embotellamiento Nacional. No hay que construir más calles ni carreteras, hay que disminuir la gente. ¿Y cómo? Que nazcan menos y mueran más. ¿Y cómo? Con métodos abortivos y extrabortivos. Que nadie tenga en adelante por seguro la ontológica persistencia en su ser.

¡Banquetes los que di en palacio! Banquetes fiestas en los que zumbaba la droga. Drogas fuertes como el opio, la morfina, la heroína y el crack, que sin duda ustedes han probado; y drogas débiles como el peyote y la vulgar marihuana. El olor de esta yerba me encanta; no así su efecto, porque me embota la cabeza. ¿Y yo embotado del centro de comando, desde el que conduzco al país? ¿Yo dando tumbos por el aire como una avioneta borracha y ustedes viéndome? No. No me concibo así. Nací honorable y moriré igual. Consumí drogas sí, de muchacho, buscando huir de la realidad al precio que fuera, aun el de la mismísima adicción, si tuviera que caer en ella. ¡Muchacho tonto! No hay nada más adictivo e irreal que la realidad. Ni con drogas ni sin drogas se escapa uno de ella. La pesadilla está aquí, llegó para quedarse. «No la aumenten, muchachos, con drogas», les aconsejo siempre a los jóvenes cuando les hablo.

No presidí la economía nacional desde el comienzo por andar ocupado en los fusiladeros. Pero el día en que me enteré de que mi ministro de Hacienda Mauricio Cárdenas (heredado del gobierno anterior y gran mamón de la teta pública de la que nadie lo lograba despegar) le había hecho subir, para poderla endeudar aun más de suerte que el gobierno de su patrón Santos tuviera más de donde robar, la calificación a Colombia por Standard & Poor's, Moody's y Fitch, las tres más hamponas calificadoras internacionales de riesgo, le solté esta andanada: «¡Sinvergüenza! ¡Impúdico! ¡Atropellador público! Me acabo de enterar. ¿Cuánto les pagaste a esos hampones? Que le devuelvan a mi patria que tanto quiero la coima que les diste, que Colombia fue la que pagó. ¡Gordo mamón!» Y de una patada en el culo que no se esperaba lo proyecté del Palacio de San Carlos al Teatro Colón, donde por entonces triunfaba cantando tangos con voz ronca mi amiga Fanny Mickey, la teatrera. «Allá te va la pelota, Fanny. Me la devolvés de otra patada en el culo, pero ni se te ocurra venirme a pedir plata para tus teatrerías que el Erario Público para mí es sagrado, no lo toco, ni por delante ni por detrás». Fanny se había vuelto más pedigüeña que el padre García Herreros. Cebe usted a un pedigüeño en Colombia y solo se lo quita de encima con la muerte suya o la de él.

—Me hacen falta ochocientos mil novecientos cincuenta millones de pesos para echar a andar mi próximo Festival Iberoamericano de Teatro —dice esta mujer maravillosa que no le tiene miedo a las cifras.

—Para qué más teatro, Fanny, que esta turbamulta demente dando espectáculo día y noche en las calles. Date una vuelta por la Carrera Séptima de Bogotá para que veás actuando a la corte de los milagros. Pero no me vengás después a palacio a contarme lo que viste, que a lo que vas a venir es a pedirme plata, plata y plata con tu cuento.

No doy, ni robo, ni presto. Detesto a los limosneros, me dan ira santa. Pues se me murió sin castigo por mi tardía llegada al poder el mencionado padre García Herreros, el del programa de televisión El Minuto de Dios, de cinco minutos de duración durante los cuales este tonsurado eudista, el más grande limosnero que ha parido Colombia, pedía para los pobres, y en cinco minutos desde el televisor sacaba lo que un pobre de la calle limosneando en su vida entera. Cada año organizaba el «banquete del millón», así llamado por lo que costaba la entrada (entonces un dineral), y en la larga mesa de mantel blanco como el alma de Cristo a la que sentaba a los culirricos de Colombia, les servía a estos un caldo Maggi, con el siguiente eslogan de postre: «Los ricos son los administradores de los bienes de Dios». Pues él se convirtió en el administrador de los bienes de los ricos. Y así, de banquete en banquete y administrando la plata del rico, consiguió para construirle al pobre un barrio entero que llamó como su programa, El Minuto de Dios, del tamaño de un planetoide, digamos de Plutón. Ahí este tonsurado diabólico, azuzador de la paridera a la altura del polaco Wojtyla, le daba casa gratis, y escriturada, a cuanta mujer paría, puta o no. Calculo que en el solo barrio El Minuto de Dios hayan nacido, por lo bajito, veinte millones de colombianos. Treinta y dos banquetes del millón celebró, pero no llegó al treinta y tres porque en plena celebración del treinta y dos, al levantar su tacita de caldo Maggi para tomarse un traguito y aclarar la voz antes de decir su eslogan murió.

Suelto a este eudista para contarles del cura Juvenal Pérez Monterrosa, párroco del pueblito de Chalán, Sucre, Costa Atlántica colombiana, quien oficiando la misa por el alma de su humilde coterránea Carlota Núñez Madera, con el muerto de cuerpo presente en el ataúd y con la iglesia atestada hasta el atrio, tras el saludo de la paz mandó a sus dos acólitos, sus Dominguitos Savios, a que pasaran entre los feligreses el talego que ponen los curas en la punta de un palo para recoger las limosnas. Al volver los acólitos con sus talegos llenos, el cura los sopesó y pesaban como las pelotas de Gabito, una enormidad. Y los inspeccionó: puras monedas. Si en Colombia un billete no vale nada, ¿qué puede valer una moneda? Menos que nada, nada al cuadrado: una pavesa multiplicada por una brizna. Y he aquí la respuesta airada del tonsurado: echándose hacia atrás para tomar impulso y poder lanzarlos mejor, les aventó los dos talegos a sus feligreses. Algunas monedas cayeron sobre el ataúd y el resto rodó por el piso y por debajo de las bancas. Y he aquí que de entre los feligreses surge una nube de niños, de hijueputicas (hagan de cuenta moscos cuando huelen mierda), y se abalanzan sobre las monedas a recogerlas arrastrándose arrodillados por el piso y bajo las bancas y armando la guachafita, el armagedón. «Dejad que los niños vengan a mí», dijo Cristo. «¡Aquí los tenés, Cristoloco, a ver si podés lidiar con ellos, pelotudo, gran güevón!»

El atropello, característica nacional sin la cual difícilmente respira el pobre colombiano, lo divido yo en dos tipos: Uno, el de unos a otros, que se podría llamar «incivilidad», pero incorrectamente, porque más apropiadamente se debe llamar «hijueputez». Un ejemplo, prender el radio sin tener en cuenta que lo puede oír el vecino. O sea, no oiga usted nunca música ni noticias para que no me atropelle, porque a mí no me gustan. O póngase audífonos. Y dos, el de los gobernantes a los gobernados, que el Código Penal llama «prevaricación» o «prevaricato» y que va desde el incumplimiento de un deber hasta el abuso del poder por una decisión injusta o arbitraria. Acabé con unos y otros en mis fusiladeros, decapitaderos y quemaderos, que no bien los puse en función funcionaron a toda máquina gracias a lo expedito de mi Triple Poder.

¿He hablado aquí del Código Penal, la Ley y la Constitución? Palabras hinchadas de majestad que en última instancia ocultan una sola y la misma puta. Amigos serbocróatas que nos visitan para conocer lo que es bueno; en un código o en otro, en una ley o en otra, en una constitución o en otra, encontrarán en Colombia todos los delitos posibles e imposibles, terrícolas y marcianos, enumerados, considerados, tipificados y nombrados, aunque jamás ninguno será castigado. Por eso mis primeros cuatro fusilados fueron nuestros más dañinos delincuentes, quienes en vida respondieron a los nombres de:

—César Gaviria.

—Presente —contesta el hijueputa.

—Por daño enorme al país e indignidad en el ejercicio del alto cargo de presidente que ocupaste se te condena a muerte por fusilamiento con expropiación de tus bienes y los de tu mujer.

—Andrés Pastrana.

—Presente —contesta el hijueputa.

—Por daño enorme al país e indignidad en el ejercicio del alto cargo de presidente que ocupaste se te condena a muerte por fusilamiento con expropiación de tus bienes y los de tu mujer.

—Álvaro Uribe.

—Presente —contesta el hijueputa.

—Por daño enorme al país e indignidad en el ejercicio del alto cargo de presidente que ocupaste se te condena a muerte por fusilamiento con expropiación de tus bienes y los de tu mujer.

—Juan Manuel Santos.

—Presente —contesta el hijueputa.

—Por daño enorme al país e indignidad en el ejercicio del alto cargo de presidente que ocupaste se te condena a muerte por fusilamiento con expropiación de tus bienes y los de tu mujer.

Y ta-ta-ta-ta-ta-ta-ta-ta… Fueron cayendo y de hijueputas los cuatro pasaron a cadáveres.

Jubilados de por vida con la muerte los más dañinos de nuestros funcionarios públicos en toda nuestra perniciosa Historia, pasé a ocuparme de los miembros del Honorable Congreso de la República y del Honorable Secretariado de las Farc y comandantes de sus frentes: Catatumbo, Pacho Chino, Santrich, Iván Márquez, Pastor Alape, Timochenko, Romaña… Los de las Farc, unos doscientos, fueron cayendo granizados, aquí y allá. Al Congreso en cambio lo fusilé en pleno en las escaleras del Capitolio Nacional, trescientos diez en total (la cueva de Alí Babá llena hasta el tope), y de paso tumbé la estatua de Bolívar para nivelar la plaza haciéndole de carambola un bien al héroe: lo libré de que lo siguieran cagando por los siglos de los siglos las palomas.

—¿Y a los soldaditos de las Farc los castigó también, Excelencia?

—¡Pero cómo! ¡Qué ocurrencia! Por el contrario. Los integré a mi Guardia Personal y habitaciones. Viven bien, comen bien, pichan bien, ¿qué más quieren? Nunca las Farc les dio tanto. Les pensaban dar tierras, ¡pero para qué, si no las iban a querer trabajar!

Y aquí lo tengo que decir, porque por la verdad murió Cristo, que a mí Colombia me debe, entre un montón de favores, el de haber bautizado a los miembros de las Farc «faracos», palabra que no existía antes de que entrara en escena el del Triple Poder y que pedía a gritos que un bautizador de hampones idóneo les asignara un nombre poniéndole *pendant* a su contraparte los «paracos» o paramilitares, que desde el comienzo sí fueron bautizados, y con el despectivo en «aco», como «pajarraco» y «libraco», de suerte que los que murieran en las guerras del camino no se nos fueran a los infiernos por no haberles lavado un cura a tiempo el culito del pecado original. Porque a los paracos también los redimió Cristo, por muy paracos que fueran. El sentido arquitectónico de la simetría me ha caracterizado desde la infancia, nací clásico. Y así como tenemos conservador y liberal, blanco y negro, bonito y feo, Dios y Diablo, tuvimos en adelante paraco y faraco.

Décadas anduvieron unos y otros agarrados de la greña por el poder, con banderas contrapuestas y ad hoc, que son las que enarbolan los oportunistas incontables que produce la tierra. Quiero decir esta, la colombiana tierra, el terruño añorado, la patria amada y siempre amada. Y los produce como boñiga las vacas y como hongos nuestros feraces campos. Con todo y los paracos que los contrarrestaban, en el cambio de milenio los faracos llegaron hasta las puertas de Bogotá.

—Y los paracos, ¿los protegió, o los exterminó, Excelencia?

¡Ah, carajo, con estos periodistas tan brutos! Ya saben que sí y preguntan si no. No los contentan ni las dos tetas de sus madres. No más entrevistas. ¡Con que el Cuarto Poder! Ya se sentían el Judicial, queriéndolo juzgar a uno y por eso la preguntadera. El Judicial, informadores de Colombia, lo integré en el Legislativo y ambos en mí. No existe aquí un cuarto poder, ni un tercero, ni un segundo, solo uno, uno solo, yo. Y a mí nadie me juzga. Ni El de Arriba, el Altísimo, porque no existe. Solo existe El de Abajo, el humildísimo que les habla, El de la Voz. ¿Cuántas veces lo tengo que decir? Yo Soy El Que Soy y no me repito. No me quiero repetir como Vivaldi con sus violines chillones, o como ese taca taca de Scarlatti, más feo que la diarrea de notas de Bach. La que sí me tranquiliza en cambio es *La mer,* de Debussy, que me mece y adormece. Pero no me conmueve porque no fue hecha para conmover sino para dormir insomnes.

Han de tener presente mis biógrafos e historiadores de mi mandato que a los cuatro primeros ajusticiados los ejecuté en Bogotá, pero habiéndolos mandado a detener previamente *in situ,* donde se hallaban, que resultaron siendo sus mansio-

53

nes protegidos por cuadrillas de guardaespaldas pagados por mí, por usted, por nosotros, los ciudadanos decentes de Colombia, los contribuyentes cautivos, los paganinis que tenemos que pagar imparablemente impuestos para sostener a una chusma zángana y paridora. Mantenida en el más absoluto secreto la operación «Caramelo de Eucalipto» como la llamé (del griego *eu* «bien» y *calipto* «esconder», por las minúsculas semillas de este árbol, que se encuentran muy protegidas dentro de una cajita, la del silencio, porque ay del que se vendiera y soltara la lengua avisándole a su hampón designado que iba en marcha una misión contra él… ¿Qué les iba a decir que se me olvidó? Se me quedó la frase en veremos. No vuelvo a abrir paréntesis, como me recomendó el doctor Alzheimer, mi médico. Los abro y se me olvida cerrarlos y me voy, como dejando la puerta abierta, que en Colombia significa expoliación segura de lo que haya encima y adentro, desde las tejas del techo hasta las baldosas del piso y el inodoro. Mojé la pluma en el tintero y cuando la levanté para pasar el pensamiento al papel, se me había borrado el pensamiento y me había quedado en blanco mirando al techo. «Veee —me dije feliz—, todavía no han venido los ladrones, todavía tengo techo».

Les iba a decir que la Operación Caramelo de Eucalipto la dividí en cuatro operativos, uno para cada uno de los cuatro superdelincuentes que por ningún motivo se me iban a fugar del territorio nacional, como se les fugó antes de mi llegada el protegido de Uribe, el llamado Uribito, otro hampón. Que él se hacía matar, decía el Uribito cuando aspiraba a la presidencia, porque él tenía muy bien bragadas las bragas y pegadas del bajo vientre bien pegadas las pelotas. Huyó con las bragas bien bragadas y bien pegadas las pelotas a los Estados Unidos y allá se les embolató (o sea, se les perdió). A mí esa no me la iban a hacer los cuatro. Así que les advertí a los comandantes de los cuatro operativos, a cada uno por separado y sin que se enteraran de que iban en curso otros tres, que me pagaban con sus vidas y las de sus hijos y sus padres y sus madres si el delincuente señalado se escapaba por filtraciones o traiciones. «No se vendan, tenientes, ni suelten la lengua, que les va mucho en juego. Uno no tiene más que una vida: la que nos dio Dios». ¡Qué se iban a vender, qué se iban a poner a defender hampones! Les iba en juego la continuidad del culo.

Lo que pasa es que hay que advertir, hay que hablar. Nunca sobran las palabras para las inteligencias obtusas. Las lenguas de esos cuatro oficiales que dirigieron la Operación Caramelo de Eucalipto, del tamaño de corbatas, se enrollaron en sus fauces. Desde el principio, como ven, me blindé contra la traición y la filtración de secretos. No esperen, colombianos, lealtad de nadie cuando tomen el poder cuando me muera. Estarán siempre solos, como he estado yo, sosteniendo sobre mis debiluchos hombros la pesada carga de la patria. Si los invitan a cenar, no vayan porque acaso sea esa su última cena y cenarán sí, algún caldito, pero en medio de doce Judas Iscariotes que se abalanzarán sobre su presa. ¡El respeto que me tomaron los militares cuando me fueron viendo despachar de uno en uno a los cuatro generales de la Junta Militar a la que me habían sumado como civil eminente! Conchabamientos con sablilargos, ¡jamás! Reduje el poder de los cuatro militares al del civil eminente, y desde entonces canto a capela la cantata de la eminencia.

La zozobra con que viví esas horas previas a las detenciones recordando la burla a Colombia del bellaco Uribito, temiendo que se nos fugara también ahora uno de ellos, o dos de ellos, o tres de ellos, o los cuatro, no se puede describir. Califiquémosla de indecible. ¡No me lo habría perdonado jamás! Temores infundados. La Operación Caramelo de Eucalipto funcionó como un relojito y me chupé el caramelo. Ni que se la hubiera encargado al Mosad de Israel... Desde entonces confío en mis soldados y ellos en mí. No hay nada más rotundo en esta vida que un tiro bien pegado en la cabeza.

Ya lo dijo nuestro gran Pablo: «Cuando uno quiere matar a otro lo mata». El problema mío es que no quería matar a otro, sino a otros cuatro, pero multiplicados por un millón: cuatro millones. Mato a los expresidentes, mato al Congreso, mato a las Farc, ¿y con quién me sigo? ¿Con la Corte Suprema de Justicia, suprema burla? Sí. ¿Con la Corte Constitucional, habiendo abolido yo mismo la constitución? Sí. ¿Con el Consejo de Estado, siendo yo el Estado y no necesitando consejos de nadie? Sí. ¡Ilumíname, Pablo! Necesito acabar con todos los atropelladores y cafres del volante y de los radios prendidos de Colombia, pero preservando eso sí, la integridad nacional. ¿Podré?

La detención de Uribe cuando me la contaron me dio risa. Se le enfrentó este culibajito al teniente Juan Pablo, y templando el culito le dijo: «Te voy a romper la jeta, marica». Lo detuvieron en su casa finca de Medellín, cerca al aeropuerto José María Córdova, que le da servicio aéreo a mi ciudad, y a donde se fue a vivir, como buen rico, bajo un salir y llegar de aviones. «Hombre, Álvaro, ¿y si te cae uno encima?» No. No le cayó. Fue un tiro el que lo mató. O diez o veinte, ya ni sé porque me perdí los fusilamientos por andar atendiendo asuntos de mayor cuantía, como una rebelión de bayonetudos en la Base Militar de Palanquero. ¿Vivir yo cerca a un aeropuerto? Jamás. No quiero rumor de aviones en las noches. A mí solo me duerme un fauno niño tocándome la flauta de Pan.

El expresidente Uribe («el más grande presidente de la Historia de Colombia», como lo llamó su ministro de Defensa Santos para poder llegar a la presidencia tras de lo cual lo traicionó), sintiéndose respaldado por sus guardaespaldas o «escoltas», como les dicen ahora, se le enfrentó pues al teniente, y me lo tuvieron que someter por las malas y traerlo con mordaza y esposado a Bogotá en un avión de las FAC (Fuerza Aérea Colombiana). Le fue como a Ceausescu, el tirano de Rumania, soberbio y alzado hasta el final. ¡Tas! ¡Tas! Y hago una pausa en el matadero para preguntar: ¿Qué es eso de «escoltas» en plural? Llamar a un guardaespaldas «un escolta» es como llamar a un soldado «un batallón». Se cagaron, colombianos, en el idioma, se están sumando a España.

A Gaviria lo fusilé con Simoncito, hijo suyo fruto de un extravío heterosexual. Padre e hijo cayeron bajo el confeti que les llovió la República, la res pública, de la que se pegaron de por vida. Y Uribe con los suyos, dos emprendedores muchachos enriquecidos por el trabajo honrado de echar azadón y tuitear. Como los de Santos, al que la Muerte jubiló por decreto mío con pensión de expresidente. Y ya metido en gastos me seguí con los huérfanos de Galán, el par de terneritos que desde que estaban *in utero*, sin haber visto todavía la luz del sol, se habían pegado de la ubre pública y no la soltaban. ¡Qué sanguijuelas! De chupar leche pasaron a alimentar gusanos.

Pero estos dos galancitos mamones no llegaron a hijos de presidente pues al papá lo mandó matar Pablo cuando estaba a un paso del bien supremo de los colombianos, sentar sus traseras nalgas o glúteos en el solio de Bolívar. Colombiano que los lograba sentar en esa silla de depravación, hagan de cuenta que le agarró el culo a la Virgen. Ya no más. Lo mandé quemar y hoy me siento en un tabrete de tendero con patas de palo y asiento y respaldo de cuero. Lo recuesto a continuación contra la pared con manifiesto riesgo de la vida pues si se resbala caigo quebrándome la crisma, donde me bautizó rociándome agua bendita en la iglesia de El Sufragio de Medellín el padre Ferro, venezolano. ¿Y me llamó cómo? Ah, eso ya sí no es asunto mío sino del que me quiera llamar. Soy un monosílabo, el pronombre *yo* en que tengo almacenado el Diccionario de la RAE y la enciclopedia de todo el universo. Este pronombre loco y monosilábico en mi caso designa, amén del diccionario y la enciclopedia, un torrentoso río de tiempo pantanoso, que avanza encabritado en remolinos rabiosos de sí mismo repartiendo latinajos y mentándose la madre. A lo mejor ustedes no. A lo mejor ustedes son arroyitos apacibles, calmos. ¡Quién sabe! Como no estoy metido en sus almas… Me siento, eso sí, muy compenetrado con los animales y sufro con ellos. En cambio el sufrimiento humano me deja imperturbable. Que se las arregle como pueda el rey de la creación, bestia de lujuria reproductora y heterosexual, monstruosa.

Pero aquí no acaba la cosa. A veces tengo la extraña sensación de ser otro, que se incorpora de repente y salta como disparado por un resorte y se me encara y me suelta:

—Vos no sos vos, sos otro. Bajate de ese tabrete, gran pendejo, que te vas a resbalar y a matar como un Gabito.

—No me digás así —le respondo indignado—, que la comparación ofende. Ese miserable se le arrodilló al tirano Castro. A punta de saliva y lengua se le convirtió en el palaciego mayor. Y el carcelero de Cuba, el barbudo vociferante y de barba piojosa y cejas con ácaros, le daba en el cuenco de la mano sorbitos de ron: «Tome pues, mi perrito, mi amorcito». Ahora bien, como todo tiene alguna compensación en la vida, Gabito a su vez tuvo su áulico, el fracasado escritor y lambeculos nadaísta de Cali Jota Mario, que en paz descanse.

—¡Cómo! ¿También lo mandó fusilar?

—Yo no. Fue un *Staphylococcus sarcofagicus* que se le comió el culo y lo expeditó a la fosa. Murió el pobre Jota (que en México quiere decir marica) de fascitis necrosante.

—¿Y quién le contagió el *Staphylococcus*?

—Un cacorro caleño.

—No me imagino a un poeta tan grande muriendo por un bicho tan pequeño.

Y sigue así por una hora, por dos, por tres, el diálogo entre el loco de adentro y el loco de afuera, hasta que por fin se calman y se duermen abrazaditos en la paz que nos dejó de herencia el fusilado Juan Manuel Santos.

De nada le sirvió a Uribe la protección de la Santísima Virgen y del Espíritu Santo, sus dos compinches de que tanto presumía, sus paracos. Yo digo, y ustedes verán si me refutan o no, que el Espíritu Santo y la Santísima Virgen sirven para lo que sirven las tetas de los hombres, de las que no saca ni una gota de leche el bebecito.

Santos se agenció el Premio Nobel de la Paz haciendo a Noruega, donde lo dan, «país garante» de lo que él llamó «proceso de paz» con las Farc. ¿Garante? ¿No sería más bien alcahuete? ¿Y paz? ¿No sería más bien impunidad? Cinco años se arrastró el proceso de la impunidad con los faracos en La Habana pagado por el erario de Colombia y con la bendición de los carceleros de Cuba, los hermanos Castro. A Timochenko, el máximo cabecilla de las Farc, le correspondía la mitad del dinero del Nobel pues la paz no se hace con uno solo sino cuando menos con dos. Santos se la robó, pero prometiéndole a Colombia el premio entero. ¡Y se lo robó entero! Vivo arrepentido por no haber fusilado junto con él, cuando lo tenía a tiro de piedra, al embajador de Noruega en Colombia por alcahuete. Ahora me tocará quebrármelo con un dron en algún fiordo de Noruega mientras toma el solecito. Y ya le pusieron también el ojo mis drones al estafador de los Windows cambiantes con los que de año en año estafa a media humanidad, Bill Gates. Mi red de drones ya lo tiene ubicado en su país, el más ladrón de la tierra, el que nos robó a Panamá, y a México medio territorio,

y a España sus islas de Cuba, Puerto Rico y las Filipinas, y a
América el nombre.

Vinieran de donde vinieran, sin importarme que los
atropelladores tuvieran el cuello blanco o mugroso, los fui
exterminando a todos, con sus esposas, hijos y madres: políticos, curas, banqueros, médicos, transeúntes, vecinos, co-
nocidos, desconocidos iban cayendo bajo las ráfagas de mis
metralletas, o bajo las cuchillas de mis degolladeros, o entre
las llamas de mis hogueras. Encontré a Colombia convertida en el país del atropello en sus dos variedades: públicos
y privados. Y la dejé en pavesas que se llevó el viento. Por la
purificación de la patria no quise estatuas. Ya había aprendi-
do de Bolívar y San Martín la lección: en Lima, en Buenos
Aires, en Medellín, en Bogotá, qué sé yo, bandadas de palomas irrespetuosas se precipitaban desde el cielo sobre ellos
a soltarles sin decir agua va su chaparrón de excrementos, a
cagarse en la gloria de los próceres. Conmigo no. Mi deseo
siempre ha sido perdurar, pero en las almas, por efímeras
que sean. Las almas no se agotan. Se renuevan unas en otras
de generación en generación pasándose sus mensajes alados
y devociones sin ninguna urgencia excretoria. ¿Con cuántas generaciones de almas se puede contentar un Salvador
como yo, un Übermensch? ¿Con diez? ¿Con quince? ¿Con
veinte? Váyanmele poniendo al veinte diez ceros.

Por decreto fulminante del Tripotente las expropiaciones de los bienes de los ajusticiados venían parejas con doña
Guadaña. En los comienzos de mi gestión patriótica (que no
«gobierno», palabra mierdosa que detesto), llamé «fulminan-
tes» a mis primeros decretos, los constituyentes, los esencia-
les, por dos razones: por lo inesperados y por lo demoledores.
Y los dirigí a tres fines: acabar con la impunidad; eliminar la
prescripción del delito; y no permitir ni un solo atropello más
del Estado a los ciudadanos o prevaricato, ni de estos unos a

60

otros o incivilidad de cafres. «¡Muerte al atropello!» fue mi divisa. «Limpio adentro, limpio afuera y acabo hasta con el nido de la perra!», dije en un discurso televisado en cadena.

Una decena de militares de tres y cuatro estrellas cayeron en mi campaña de limpieza por no tomar en serio mis advertencias del principio, como nadie le hizo caso a Hitler cuando publicó el *Mein Kampf*. «Generales —les anuncié a los de la Junta Militar que me habían llamado a hacer parte de ella como civil eminente—, no vamos a cambiar ahora civiles atropelladores y corruptos por militares iguales. Limpieza total de la casa. Que no quede ni una mota de polvo en el tapete, ni una huella de humano dedo en el espejo. Seremos para Colombia el espejo reluciente». Creyeron que le hablaba al aire, al sol, al viento, y que me iban a controlar. Permítanme que me ría. Me fui quedando solo a medida que iba eliminando uno por uno a estos charretudos. Nací solo, me moriré solo, tendré que gobernar solo. Y el eminente subió así a lo más alto de su eminencia queriendo pero sin querer. Es que yo soy así. Quiero cuando no quiero, y cuando no quiero me empiezan a dar ganas.

Con mis continuas expropiaciones, para castigar por un lado y para compensar por el otro mi abolición de los impuestos, el erario se fue llenando como marranito de alcancía. Y le pregunto a la Historia: ¿Qué gobernante, *magistra vitae,* se ha atrevido en su sano juicio a abolir en estas sociedades de interdependencias tan trabadas los impuestos? Pues el espejo reluciente de Colombia, el que les habla. Colombia se mira en mí y yo me miro en ella y nos decimos: «¡Qué limpios! ¡Qué honorables! ¡Qué hermosos somos! Jamás pensamos que llegara por fin el día de nuestras nupcias». Y tal cual llegaban aquí los males, para quedarse, llegó por fin el bien, para lo que dure este planetoidito altanero en el eterno girar de los mundos.

¿Para qué gravámenes habiendo tanto delincuente rico al que hay que desenriquecer? Quitémosles lo que tienen. Pero con previo fusilamiento porque conmigo lo uno no absuelve lo otro.

—¿Y si el fusilado no tiene bienes?

—Entonces marcha atrás con el fusilamiento: se le quema. Aquí todo el que las haga las paga, y tiene que tener para responder, o que sufra. Que arda como no pude hacer arder al polaco Wojtyla, alias san Juan Pablito. ¡Qué alimaña!

—¿Deseaba algo, Excelencia? ¿Me estaba hablando?

—No. Estaba hablando solo, conmigo mismo. Yo ya no hablo con nadie. Ni leo ni converso. Me harté del prójimo, hablado o escrito.

Suprimí el impuesto de renta, el predial, el de valorización, el del valor agregado, el de la riqueza, el de la guerra, ¡qué sé yo! De los impuestos de los siniestros tiempos de antes no quedó ni el recuerdo. Y a los altos funcionarios del Estado que heredé, a saber, ministros, gobernadores, alcaldes, diputados, concejales y magistrados de una corte o de otra, o de un consejo u otro, si no les suprimí los puestos para no crear más desempleo los metí en cintura y les apreté el cinturón como cinturón de gordo que el doctor puso a régimen, de hueco en hueco, rebajándoles el sueldo: primero a la mitad, después a la mitad de la mitad, y así hasta que dividiendo por mitades los orillé a la economía informal, que por lo demás se niveló con la formal habida cuenta de que, como dije, aquí ningún nacido de mujer volvió a pagar impuestos. ¡Colombianos, gracias a mí ustedes todos son unos irregulares!

Y permítame la Historia que le empiece a preguntar: ¿Para qué una Corte Constitucional, si la Constitución soy yo? ¿Para qué un Consejo de Estado, si el Estado soy yo? ¿Para qué una Defensoría del Pueblo, si al Pueblo lo defiendo yo? ¿Para qué una Contraloría, si el que controla soy yo?

¿Para qué una Fiscalía, si el que fiscaliza soy yo? Fiscalizo hasta la última tilde. Cuando llegué aquí nadie sabía ortografía. Para darle gusto al pueblo, que se quedó sin misa, ni radio, ni moto, ni fútbol, concentrado en el trabajo y liberado de toda sinvergüencería o distracción cual japoneses, suprimí del pénsum de la vida esa quimera. Hablando nos entendemos, ¿o no? Los colombianos no necesitamos tildes.

No figuran entre los despedidos de la lista que levanté párrafos arriba los congresistas porque desde el día en que llegué al poder aquí dejó de haber Congreso: lo borré con un canto de metralletas bicameral y homogéneo. Viva no quedó una sola de sus trescientas alimañas. Bien pueden subirse pues el sueldo, Padres de la Patria, cuantas veces les plazca en el Más Allá que yo no me opongo, cuenten con mi limpia firma de enrevesada rúbrica.

A los cobradores de impuestos, los exactores y sanguijuelas de la DIAN, los quemé en las hogueras del Espejo Impoluto, que yo mismo iba avivando con gasolina y leña seca. Ardieron bien, «divinamente», como decían antaño las señoras bogotanas.

Funcionario que quedó, quedó sin vacaciones, ni prestaciones, ni jubilaciones, ni chofer, ni carro, ni ningún tipo de canonjía, prebenda o beneficio de los que gozaban los dizque «servidores públicos», que tanto me indignaban y me quitaban el sueño. Ahora duermo bien, a pierna suelta, con la izquierda sobre una almohada para prevenir infartos. Pero para mí el sueño no es cuestión de colchón ni almohada. Es cuestión de fusilamiento. El día que fusilo duermo. El que no, no. ¡Para qué me voy a enviciar tomando pastillas!

Suprimí también de un rubricazo la protección al arte. ¿Quién dijo que el arte necesitaba protección? ¿Quién protegió, por ejemplo, a Homero? El poeta ha de vivir, como las flores, del rocío. Y si un pintor vende, que venda, y si no vende, que no venda. Y la universidad apesta. Cuesta mucho y no produce sino estafadores titulados en verborrea, cuenteros que terminan engrosando la clase zángana de los burócratas, con la que estoy acabando. Y si el niño no quiere leer, que no lea que no se está perdiendo nada. Di aquí p'atrás todo sobra. La vida ha cambiado mucho y va muy rápido y a los escritores de hoy, junto con los de ayer, los dejó el tren bala. A mí también, no me alcancé a montar. Se me fue la realidad como un chorro de agua por entre las manos. ¡Pobre la literatura! Ante esto que llaman la realidad o la vida sus géneros se quedan cortos, y sumados restan. Competidores, colegas, no pierdan su tiempo en quimeras, absténganse. ¡Pobre de la literatura, la compadezco! Un garrapateo de frases humosas que está perdiendo hasta el soporte del papel. Hagan de cuenta un bono de la Reserva Federal de los Estados Unidos o un bitcoin. Una estafa. El país más estafador de la tierra se llama Estados Unidos de América.

Sueldo nunca tuve, que quede claro. Si algo me faltaba, lo tomaba. Nunca me preocupé de dónde. Alargaba la mano y venga p'acá. Calorías trabajando yo no gasto. Incluso alargar la mano me cuesta esfuerzo. «Ven, Brusquita», le digo a mi perra amada y le tiro un pedacito de pan Bimbo. No oye, no quiere oír, me desprecia. Le tiro un pedazo de carne, y se levanta la perezosa y viene husmeando en el aire y penduleando la cola. ¡Claro, ella hace un cálculo calórico! Un pedazo de pan Bimbo no alimenta. Un buen trozo de carne sí.

Encontré a Colombia vuelta un hormiguero de sociedades altruistas también llamadas «sociedades sin ánimo de lucro», que funcionaban así: un pedigüeño civil (no un cura ni un pastor protestante, que estafaban por su lado), y por lo general mujer, se dedicaba por bondad (por bondad con sus cuentas bancarias) a los ancianos pobres, a los niños abandonados, a las especies en vías de extinción, a los ciegos, a los tuertos, a los mongólicos, a los autistas, a los cancerosos, a los minusválidos, a los exadáctilos, a los microcefálicos, a los macrofálicos, y extendía sus avorazadas extremidades superiores hasta Noruega y Suecia y países con plata y caritativos, o sea ricos pero pendejos, para que les dieran. Y con las jugosas donaciones montaban una sociedad sin ánimo de lucro. Nada de caridad con los pobres porque se la roban los vivos que viven del cuento, tales como los pastores protestantes y los curas de la secta más estafadora de la humanidad, la católica, que piden para ellos y para el travesti de Roma. ¡Sociedades sin ánimo de lucro a mí que he sobrevivido al internet y a dos terremotos! Con que embolsando y exentos de impuestos los altruistas… A cierta dama de la sociedad medellinense (de antepasados bogotanos juzgando por el apellido Bengoechea) que canalizaba cada dos años a sus cuentas personales tres millones de dólares que le depositaba bianualmente la caritativa Suecia para sus macrofálicos, y capando impuestos, habiendo comprobado yo personalmente su delito, y sin que me cupiera la menor duda para que después no me fueran a dar remordimientos de conciencia, no la fusilé: le mandé tumbar la cabeza. Tenía peluca la hijueputa, y mientras la cabeza rodaba por el suelo el verdugo quedaba grabado en YouTube con la peluca en la mano. Los dos cromosomas X de la maldita, que son los que controlan la continuidad del pelo, le salieron defectuosos y era calva. Con uno solo bueno habría tenido pelo. Con dos malos, quedó como bola de billar. Citológicamente hablando, el hombre es defectuoso pues nace sin protección a la calvicie al no tener sino un solo cromosoma X, que si le sale malo se jodió. ¡Y a ponerse sombrero cada vez que salga al sol! No soy misógino. Por el contrario. La mujer sirve. Sí sirve. ¡Pero para el sexo! Si me sacan de la presidencia por ingratitud de Colombia, voy a montar una Sociedad sin Ánimo de Lucro para la Protección de la Mujer Calva, con sede en Envigado, Antioquia. Vamos a ver cómo redacto la carta a Suecia. No. Pensándolo mejor pongo Itagüí, que está enfrente, no vayan a pensar que mi fundación tiene que ver con la Oficina de Envigado, un cartel de la droga. Hoy en día por todas partes le salen a uno homónimos con cuentas penales. Hay mucha gente en el mundo. Y así pagamos a veces los honorables por los delincuentes, tal como en Colombia pagamos los ricos por los pobres. Han dividido este país en estratos. Los de los estratos 5 y 6, los responsables, los paganinis, los que trabajamos y pagamos unos impúdicos impuestos que no nos dejan dormir, cargamos con los de los estratos 1, 2, 3 y 4, que no hacen sino ver fútbol y pichar y parir y cagar durmiendo a pierna suelta rascándose las pelotas. Fue un error haber suprimido por completo los impuestos. Mea culpa. A los ricos hay que quitarles los impuestos para dar ejemplo. Y ponérselos a los pobres para que se superen y asciendan a los estratos 5 y 6 y de dormir tranquilos se sintonicen en la pesadilla de la DIAN. No veo otra forma de acabar con los pobres. ¡Porque cómo matar a 48 millones! No se puede. Lo llevan a uno al Tribunal de La Haya.

No saben la indignación que he sentido toda la vida por los atropellos de los de cuello blanco, entre los cuales menciono, para empezar, al papa; y para continuar, al presidente de Colombia, sus ministros, los gobernadores, alcaldes de las grandes ciudades y de las pequeñas y de los pueblos, los médicos y los dentistas o estafadores de las fresas de diamante para horadar muelas que se consideran a sí mismos «odontólogos», del griego «odontos», diente. ¡Y los banqueros! Después de Windows y el Vaticano la tercera estafadora más grande del mundo es la banca. Sobra decir que decapité a los banqueros de Colombia empezando por un siniestro adorador de la Virgen de apellidos Sarmiento Angulo, que no sé cómo hizo para haber robado tanto en una simple vida humana y hacerse tan rico. Echando azadón no fue. Le habrá dado la platica su Celestina, la mamá de Dios. ¿Y por qué a él le da y a mí no? ¡Vieja mala! ¡Gibosa! ¡Tísica! Por tu culpa el mundo es de los tartufos.

No los curas ni los pastores protestantes, no los paracos ni los faracos, no los médicos ni los banqueros: las más grandes alimañas de Colombia son los políticos. A su sombra puede prosperar un Sarmiento Angulo; sin su sombra el sol quemaría esta maleza. Elecciones. Recuento de votos. Suspenso. Ganó el partido tal. ¡Nueva horneada de mafiosos! ¡Cambio de mafia! Ya llegaron los nuevos hijueputas a repartirse el pastel. No llegarán esta vez por lo menos los Gaviria, los Pastrana, los Uribe, ni los Santos gracias al Espejo Impoluto. Un buen fusiladero extingue el atropello. Un incendio apaga otro incendio.

Del Palacio de Nariño me mudé al de San Carlos por la tirria que le cogí a la eñe y a su sonido roñoso. Letra con raya arriba me desquicia. Detesto los signos diacríticos. Le he propuesto a la RAE que la suprima, y fue como decirle a un monárquico español que no se arrastre, a un político que no robe, a un papa que no mienta. La RAE rae y seguirá rayendo sin que le quepa en su microcefálica cabeza que el adefesio de la eñe afea este idioma. Con su cerrazón de miras la RAE da para montar en Colombia una Asociación sin Ánimo de Lucro contra la Microcefalia Raedora. Por favor, peninsulares, cabras cerriles, no vuelvan a decir «coño», que suena horrible, digan «perfumalia». Y no amenacen con cagarse en Dios y en su Madre, ¡cáguense!

Los banquetes fiesta se reanudaron pues en el vetusto Palacio de San Carlos, por uno de cuyos balconcitos el jinete irredento de la Gloria, el culibajito Bolívar, saltó huyendo de unos conspiradores en la que los historiadores llamaron, con acierto, «la nefanda noche septembrina». Y sí, nefanda porque no lo mataron. ¡Qué importa! Se murió sin cruzar con nadie su espada el héroe. ¡Al diablo con la Historia, *magistra vitae*! ¡Que vaya a darles lecciones a las paredes y a las vacas!

En mis fiestas se gozaba de cuanto caía: hombres, mujeres, muchachos, niños, enanos. Yo ni hombres, ni mujeres, ni muchachos, ni niños, ni enanos: soldados, que constituyen una categoría aparte del ser. La ontología me acompaña desde que tengo uso de razón, en la que tampoco creo porque engaña y no razona. La razón pontifica. ¿Cómo pudo la Revolución Francesa haber hecho de esta puta una diosa? ¡Dizque la diosa Razón! ¡Qué importa! ¡A la fiesta, al extravío, sobra ropa! Unas botas de soldado me enajenan. Se presentan en mis aposentos diseñados por Philippe Starck vestidos de tan solo unas botas. Y ahí tienen a los privilegiados de mi régimen en su prístina esencia: los «botíferos», palabra hispano latina que he acuñado sacándola de la bota española y del verbo latino irregular de la tercera conjugación *fero*, *fers*, *ferre*, *tulli*, *latum*, que significa «traer». Más irregular que mis invitados a palacio.

Me preguntó un historiador y biógrafo mío que si Brusquita iba a mis banquetes fiestas. ¡Pero claro! ¿No la ha visto pues usted en YouTube a mi lado en mi toma de posesión y demás momentos estelares? Ahí quedó grabada. Es más, en su campaña de arrasar con todo rastro mío que pueda admirar a la posteridad, mis malquerientes no la van a poder borrar porque la puse en la Nube. De allá no la baja ni el Putas.

Para los hurgadores y olfateadores del que llaman periodismo investigativo, Brusca fue siempre una incógnita. ¿Que dónde la conseguí? ¿Que qué le daba de comer? ¿Que si comía carne? ¿Que si le lavaba los dientes como a Argia, Bruja, Kim y Quina? ¿Que cómo nació mi amor por ella? ¿Que quién me la regaló? ¿Que si no me la regalaron, dónde la encontré? Y yo contestando. Todo lo referente a mi niña lo voy contando porque nada tengo que ocultar, todo es puro. ¿Y asistía ella a las orgías? ¡Cómo se atreven a llamar «orgías» mis fiestas del sexo! Orgía una misa de tres curas comiéndose la carne de Cristo y bebiéndose su sangre, con vino de consagrar, del que emborracha a las loras. Les dábamos traguitos de ese brebaje para que soltaran la lengua y dijeran: «¡Hijueputas!» Pensaban los vecinos que les decían a ellos. Y sí. El de la izquierda, el «Calvino», nos detestaba. A las dos de la madrugada lo llamábamos por teléfono: corría de la cama a contestar tumbando muebles en la semioscuridad, y no bien levantaba el auricular colgábamos. No nos equivocábamos ni por una fracción de segundo. Él que levanta el auricular, y «cling», colgaron. Entonces no existía el identificador telefónico para rastrear llamadas. ¿Y cómo sabíamos que el Calvino corría desde su cama tumbando muebles en la semioscuridad, y el instante preciso en que iba a contestar? Porque desde un balconcito que daba a nuestro jardín, que colindaba con el suyo, lo veíamos desde nuestra casa aparecer corriendo en piyama a contestar, tumbando muebles en la semioscuridad de la suya. Y no bien colgábamos nos volvíamos a acostar. ¡Y a dormir a pierna suelta con la conciencia tranquila! Eh, ave María, en la vida de un ser humano sí no hay como el deber cumplido. ¡Se siente uno tan bien!

—¿Y su papá qué decía?

—Él nada. ¡Qué iba a decir, si ni siquiera estaba! Andaba en Bogotá de senador o ministro solucionando problemas del país y tomando whisky con presidentes.

—¿No dizque era pues un herrero?

—Todo lo tergiversan ustedes los periodistas. ¡Cómo iba a tener un herrero casa en Laureles, el mejor barrio de Medellín!

Ya no campanillea las horas el reloj de muro de la finca Santa Anita, a la campana se le rompió la cuerda. Pero sigue contando las horas con la otra cuerda que le queda viva este corazón silencioso. Nada de hacerse ver como el protagónico Vargas que está todo el tiempo diciéndonos «Aquí estoy», y se señala el esternón golpeándoselo con el índice derecho que ni que fuera el Corazón de Jesús. El tiempo de mi amado reloj fluye en silencio sin llamar la atención. Ya no me dice con sus campanadas: «Te gastaste otra hora, manirroto, te quedan pocas». Noooo. En casa de ahorcado no se mienta soga. Él es muy discreto. A lo mejor por eso se silenció él mismo la campana, para no asustarme. «¿Y con qué me vas a asustar a mí, por Dios, con la Muerte? ¡Si ya estoy muerto!» Y siguen girando de izquierda a derecha y de derecha a izquierda el horario y el minutero, dando vueltas en redondo sobre sí mismos al compás de la Tierra. Sigue así, reloj mío, girando, girando, no te me vayas a ir como una flecha por el vacío infinito rumbo al vacío de Dios, que no le quiero ver la cara a ese Puto Viejo. Prefiero seguir vivo, empantanado en mí mismo, entre traidores, en la soledad de este poder que me agobia, en este palacio de alfombras raídas llenas de pulgas y piojos. ¡Lo voy a quemar!

He instalado el reloj de Santa Anita en el comedorcito personal de mis aposentos privados del Palacio de San Carlos, y de tanto en tanto lo miro a ver si sigue ahí y aún no se me lo han llevado los soldados. Alzan con todo, hasta con un bolígrafo, y me dejan desplumado. ¿Pero cómo sacan un reloj de muro en unas botas? En una bota no cabe, por más que el espacio se dilate según las marihuanadas de Einstein. Lo más que cabe en unas botas, aparte del pie que las usa, será una estampita del Corazón de Jesús… Desconfío de Colombia hasta en el palacio presidencial. Solo ese reloj me queda de mi pasado y no me fío de mi patria. En cualquier descuido me lo roban y se me alzan con mi perra amada sin que les vaya nada en ello, por el simple placer de hacer el mal. No le he puesto guardia personal a mi niña porque la cuido personalmente, sin confiar en nadie, porque sospecho de todos porque el poder es así y la traición nos ronda a los poderosos. En el Palacio de San Carlos me huele todo el tiempo a algo raro, como a mierda, ¿qué será? Ya enterramos a Uribe, a Pastrana, a Gaviria, a Santos, ¿quién será? Yo no soy, hoy me bañé, todos los días me baño. Ha de ser el puto hippie viejo de Cali que me detesta. ¡Pero si también lo maté! ¿Estoy en mi sano juicio o delirando? ¡No deliro, claro que lo maté! Pero dejemos esto, que confirmándome mis pensamientos desde un ángulo oscuro del palacio el fantasmagórico Shakespeare me contesta:

—Huele a traición, huele a mierda.

—Y cuantas más alabanzas me humean mis áulicos con sus incensarios, hombre Shakespeare, más intenso el olor.

—Es el olor de la traición —me informa el dramaturgo—. Yo lo conozco bien, lo tengo muy detectado. Y lo he dramatizado.

—¿De veras? —pregunta el tirano presidente.

—Ajá —contesta el poeta dramaturgo y se esfuma.

¿Sí saben que el nadaísta de Cali, mi detractor, depuso su odio contra mí y me empezó a zangolotear gomorresina en incensario? Andará buscando puesto el pobrecito, no tiene ni para comprar cuchillas de afeitar. Será mandarlo de agregado cultural a Zambia para que se lo coman los negros. Por detrás o en carne asada.

Cuando Brusca no esté y el reloj de Santa Anita se haya parado Colombia sabrá que también me morí yo. Mi corazón es un reloj que gira y gira sobre sí mismo sin ir a ninguna parte con lo que le queda de cuerda. ¡No vivir el poeta Octavio Paz, el de la carita fina, el de la lira pronta, para que nos compusiera un poema! Habrías coronado tu quehacer poético, Octavio, con «El reloj del corazón». Y lo habrías cantado en Estocolmo acompañándote de una lira neroniana, o sea del que quemó a Roma, Nerón, como se llamaba uno de los perros de mi abuela, que mordía y mordía sin soltar la presa cosiéndola a dentelladas. Y tú, Octavio, en calzones bombachos con medias largas como en los tiempos del Rey Sol, afinando, entonando, cantando bajo los chisporroteantes candiles con que se alumbra en su pompa la realeza sueca. Te habrían lucido muy bien las piernas. ¡Qué dignidad, qué elegancia! ¡Qué envidia la que me das, poeta, pero de la buena! La del rendido admirador ante su vate.

A veces, harto de tanta intriga palaciega, me asomo al pasado, al balconcito o ventana por donde saltó el Libertador huyendo de los conjurados en la nefanda noche septembrina, en tanto su concubina Manuela Sáenz los entretenía en paños menores. Desaprovechando la oportunidad de su vida de cruzar la espada con alguien, el héroe saltó y se fue a refugiar bajo un puente, de donde lo sacaron sus leales tiritando y con el camisón de dormir mojado. Y muy manchado de amarillo. A Manuelita le fue peor, salió del incidente con su buen chichón en la frente. He mandado instalar por decreto en ese balcón ventana una corona fúnebre cruzada por una cinta morada que dice en mayúsculas, como se escribía el latín en tiempos de César: HIC FUGIT AMBULANDO EQUES GLORIAE, que les traduzco: «Por aquí huyó a pie el jinete de la Gloria». ¡Veeeeee, me salió literal el latinajo! ¡Claro, como dormí tan bien anoche! Duermo luego pienso. Pero no como pienso porque no tengo rumen como las vacas, a quienes amo. Ni tomo leche por no quitarles lo que les pertenece por la ley de Dios a sus hijitos los terneros. Como sea. Bajo mi régimen no nacerán más terneros en Colombia porque no bien esté totalmente esterilizada la población humana me meto con la de los toros y las vacas para que no sufran nunca más estos pobres animales. Pero será después. Primero lo primero. Empiezo por la del rey de la creación, el bípedo implume que cree que piensa, pero no: copula, maquina, engaña, estafa. Y la máxima alimaña que ha parido esta especie depredadora y vándala que contamina el cosmos se llama Karol Wojtyla, un polaco. Métanselo bien en sus duras testas, colombianos, que lo que digo yo lo digo para la eternidad porque nunca me repito. Con que los colombianos piensan... ¡Tan pensadores ellos! Los pensadores de Rodin... Será sentados en el inodoro estos hijueputas. ¡Y tan bonitos! ¡Qué guapura de raza! No sé cómo los turistas que vienen a conocer esto se resisten. Aquí no hay volcanes, aquí no hay lagos, aquí no hay flora, aquí no hay fauna, ¡lo que hay aquí es colombianos! Mi ministro de Fomento en cuyo ministerio integré el turismo para eliminar burocracia ya lo sabe, está enterado. «Proceda, ministro, y si tiene que montar burdeles, hágale, que cuenta con mi Nihil obstat».

Habiéndome despachado a tantos y con tan inmenso placer, para darme un descansito a mí mismo y otro a mi mano derecha la Muerte que no ha parado de trabajar como un negro repartiendo guadaña paso a explicar el sida, el más grande fraude médico científico del siglo XX, a ver si Colombia por fin ve, oye y entiende, porque hasta ahora se niega. No ve por su ceguera, no oye por su sordera y no entiende porque en esta zona tórrida donde llueve a raudales la evolución se concentró toda en la reproducción y en las patas. Abran pues los ojos, paisanos, que se los tapó la clase dirigente, la oligarquía de curas y políticos que desde que cantó el gallo de la Independencia los ha masturbado, ¡la casta! ¡A quitarse la venda que les pusieron a ver si no es ceguera congénita y vislumbran algo! Y límpiense los oídos que puede ser sordera por mal funcionamiento del martillo, el yunque y el estribo, los

73

osículos de la cavidad timpánica, y algo los está obstruyendo. ¿Tal vez cera? A destaparlos entonces con un copito de algodón empapado en gasolina, alcohol o aguardiente, y santo remedio. Pero no acerquen un fósforo prendido porque vuelan. El hombre acumula en el oído interno mucha cera. No sé si también la mujer. Yo de mujeres no entiendo.

¿Qué hay entonces en la enfermedad llamada sida provocada por un virus que no existe llamado HIV? ¿Qué se esconde detrás de tanto remedio caro y tóxico, de tanto escáner y una maraña de artículos científicos de vocabulario abstruso? ¿Qué oculta en estos la palabrería de la falsa ciencia? Nada nuevo, paisanos, *Nihil novum sub sole:* más medicina impostora y corrupta para perfeccionar la que ha existido siempre, la que nos viene del perjuro juramento hipocrático. Hipócrates fue un galeno estafador. Y Galeno otro, pero posterior. Hipócrates ejerció durante el siglo de Pericles, el padre de la democracia, un demagogo que de elección en elección se fue instalando en el poder como un tirano. La democracia nació pues con la demagogia y la tiranía, son hermanas. Hermanas trillizas, nacidas en un solo parto. Grecia las parió y Roma las perfeccionó. Yo ejerzo la tiranía. Vamos a ver si con un ciudadano decente funciona. No doy nada por seguro, no prometo. Factores cambiantes siempre cambian el producto. En cuanto a Galeno, vivió en pleno Imperio Romano pues ejerció su estafadora profesión hacia el 150 de la era de Cristo. Y como Cristo no existió, a lo mejor Galeno tampoco. Dicen que antes de dedicarse a la medicina se interesaba en la agricultura, la arquitectura, la astronomía, la astrología… Veeee. Todo un todólogo renacentista como yo. Por lo tanto sí existió.

Lo que hay en el llamado sida son dos o más enfermedades contagiosas de difícil curación, si no es que incurables, adquiridas simultáneamente o en breve tiempo y que rebasan la capacidad de respuesta del sistema inmunitario y lo derrumban, sin la necesidad de un virus específico inventado ad hoc para que les abra las puertas de la casa y entren. Escojan dos o tres de estas y les da sida: la hepatitis, la neumonía, el sarcoma de Kaposi, la candidiasis, la criptococosis, la toxoplasmosis, la criptosporidiosis, la tuberculosis, la hijueputosis… Una treintena en total, causadas en su mayoría por protozoarios o por hongos y que los sidólogos llaman «oportunistas». Oportunistas estos hijueputas tan suertudos. Con la falsa enfermedad y la epidemia que les inventaron les sonrió la suerte. Pululan como brotaban curas de la tierra en Fátima después de que se les apareció allí la Virgen a tres pastorcitos.

No hay ningún virus que cause ningún sida. Y si el HIV existiera, sería un virus inocuo como tantos, de los que no le hacen cosquillas a un bebé en sus piececitos. ¿O van a matar al niño dándole AZT? Ministro de Salud: me expropia ya la Burroughs Wellcome de Colombia, fabricante del anticancerígeno tóxico AZT que ha matado a miles, y que esa transnacional asesina habilitó como antirretroviral contra el HIV. Y a los empleados de la filial colombiana, de gerente para abajo, me les canta con mis batallones, que pongo a su servicio para la tarea, nuestro Himno Nacional del ta-ta-ta-ta-ta. Y nunca diga «transnacional asesina» porque es pleonasmo. Sí, sí, ya sé que lo dije, pero por las prisas. Yo también soy falible, ¿me perdona? ¿O acaso me las estoy dando de papa? Veeee…

Y desenmascarada la hampona industria farmacéutica, he aquí a los otros inventores cómplices del inexistente virus, su enfermedad y epidemia: Los *Centers for Disease Control* de Atlanta y los *National Institutes of Health* de Maryland, ambos de los Estados Unidos, país de notoria criminalidad que no necesita presentación porque fue el que nos robó a Panamá. Dos, la revista *Science* que leí durante diez años, semana tras semana como una maldición hebdomadaria, y que le publicó a Robert Gallo sus tres pioneros artículos. Falseando los experimentos de su propio equipo con una redacción marrullera el truhan Gallo se proclamó descubridor del virus, y en prueba de su existencia anexó una micrografía electrónica en que se veían en medio de unas bolas grandes desflecadas unas bolitas blancas pequeñitas: la armó juntando dos fotos robadas, la de una asamblea de amibas tomada con microscopio y la de una explosión de galaxias tomada con telescopio. Tres, Francia, país de conocido pasado colonial y criminal donde brillaba en su Instituto Pasteur el investigador estrella Luc Montagnier, hombre de espíritu confuso que también descubrió el mismo inexistente virus del doctor Gallo, pero por su lado. Y cuatro, el Instituto Karolinska de Suecia que decide el Premio Nobel de Medicina, y que para premiar al sida, cuyo turno le había llegado porque a toda capillita le llega su fiestecita, se lo dio al mencionado Montagnier «por la milagrosa producción *in vitro* y *ex nihilo,* en su laboratorio de la nada, de un inexistente ser». Geniales las justificaciones de los que dan los Nobel. Las de los cuánticos premiados y la del marihuano Einstein las encuentran en *Las bolas de Cavendish,* del mismo autor de *La puta de Babilonia,* mi paisano el escritor, porque han de saber que mi amigo le hace a todo, se graduó de sexólogo y todólogo. De sexo en la calle y de todo en el confín lejano.

¿Y al doctor Gallo no lo premiaron? No. Se quedó sin premio mamando en el aire. Pero millonario gracias a la prueba del ELISA, que adecuó al sida. ¡Qué estafador este desgraciado, compite con los de aquí! Si le hacen la prueba del ELISA a usted que tiene la conciencia tranquila, que no viola el sexto mandamiento y que se limita a su mujer sin extralimitarse en las del prójimo, ¡le sale positiva! Si se la hacen a un bisabuelo, también positiva. Si se la hacen al papa, también positiva. Aunque yo por este viejo gordo taimado de Bergoglio, de conciencia turbia, no meto la mano al fuego. En el improbable caso de que me tumben del poder los militares, pues todo puede ser, me monto mi buen consultorio sidológico, y van a ver lo que es plata. Y si me preguntan que dónde me gradué de sidólogo, contesto: «En los baños turcos gays de Nueva York. Como quien dice, en el Big Bang de la epidemia. En ellos me diplomaron *summa cum laude*».

¿Y por qué estoy hablando del sida? Muy buena pregunta, como contestan los sumisos en las entrevistas. Hablo del sida como preámbulo al gran aquelarre, la gran orgía, la saturnal despatarrada a que nos entregamos los oprimidos de esta Tierra en los baños turcos homosexuales de Nueva York, en los que el papa negro de los jesuitas, Nuestro Señor Satanás, copulaba con un travesti, y en los que las tres personas distintas de la Santísima Trinidad se juntaban en una sola enchufándose por los antifonarios para hacer un Dios completo. Las cadenas humanas que se formaban en esos lupanares pompeyanos ni se las imaginan ustedes. Como para acabar con el matrimonio mandando uno al diablo a la mujer.

Lamentablemente (pues todo tiene su pro y su contra), por falta de materia fresca en esos bienintencionados baños, de los diecisiete añitos en que había puesto mi límite máximo para el amor tuve que subir a los veintiocho, lo menos que había allí reptando por los suelos como culebras. El hombre propone y Dios dispone y el hambre pone a las cucarachas a comer papel. ¡Pobres animalitos! Les voy a dejar de noche en un platón alpiste de turpial.

Y que no me venga ahora Francisco a dárselas de humilde con la lavada de patas sucias en Semana Santa en Roma. Claro, a unos presidiarios como los que le escogieron yo les lavo lo que sea: jóvenes, atracadores, asesinos, sexys, hermosos, sacados de los correccionales de Roma para actuar en el lavatorio de patas teletransmitido y poner a las teleaudiencias mundiales a delirar. ¡Quién, por Dios, ha dicho que la belleza esté reñida con la suciedad para desmentirlo! Horrible el feo sucio. Dos enfermedades juntas rebasan el más sólido sistema inmunitario. Para hablar de la vida hay que vivirla, señores. No cualquier Kafft Ebing o Magnus Hirschfeld o Stekel, sexólogos que en sus burguesas vidas no pasaron de una puta anal, ¡me van a pontificar a mí sobre sexo! Graduado de sexólogo en las calles de Medellín y Bogotá, la vida misma, y doctorado honoris causa en los baños turcos gays de Nueva York, *the glory of ancient Rome,* yo sé de qué les hablo.

Dejé la Gran Manzana en busca de más despejados horizontes y me fui a México a ejercer de psiquiatra: de psicoanalista psiquiatra asistente del doctor Arnaldo Flores Tapia, un alma justa que se escapaba cada fin de semana con sus «pisculinos» a Acapulco a bañarlos en el mar, como Tiberio a los suyos en el mar de Capri. ¡Claro, como yo le manejaba el consultorio! ¡Claro, como yo lo catapulté a la fama! ¡Claro, como yo le cambié el bobalicón diván por un confesonario semioscuro lleno de pecado mortal! ¡Claro, como desde el confesonario yo era el que atendía y atendía, trabajaba y trabajaba, sin que las millonarias pacientes judías me vieran para que creyeran que las atendía él! ¿Él? Él no atendía más que a sus pisculinos en Acapulco. Él ponía el nombre y se iba y la plata la conseguía yo. Entonces me dio por fumar opio en pipa. Y para adormecerlas, fascinarlas, les lanzaba espirales de humo que saliendo de mi boca llegaban a los enloquecidos sistemas olfativos de esas pobres histéricas de raza cargadas de traumas porque claro, como sus antepasados crucificaron a Cristo… Mejor clientela que la judía no podíamos tener. Pero eso sí, ¡atendida desde confesonarios! ¿Y de quién fue la idea? ¡Pues del que habla, de quién más iba a ser! ¿O piensan que fue de Arnaldo? Arnaldo vivía en sus sueños, bañándose cual una Venus espumosa con sus pisculinos en el bravo y macho Océano Pacífico. Yo fui el que catapultó el consultorio. Yo fui el que enloqueció a la clientela. Yo fui el que hizo la plata. Arnaldo Flores Tapia prácticamente soy yo. Pero claro, sin ser. Yo era el psiquiatra en funciones, él el psiquiatra dueño. «Te sugiero, Arnaldo, que no atendamos más lesbianas, que andan armadas y se me hacen muy peligrosas». «Bueno», contestaba. Y a seguir con sus sueños locos. Que el año entrante iba a empatar las vacaciones de Semana Santa con las de julio y que ya tenía rentado un penthouse en la ciudad del sol con baño sauna. «Para qué necesitás sauna, Arnaldo, en Acapulco, si lo que te gusta es que te mezan las olas del mar. Si vas al mar, metete en el mar». No le hablaba de tú como se habla en México sino de vos como se habla en Antioquia para que no se le olvidara nunca que yo no era un mexicano más entre cien millones. ¿Pacientes lesbianas? Jugar a la pelota con bombas Molotov. Llegaba una y a la media hora aparecía la otra a llevársela con un revólver. «Nos tenemos que especializar en judías de pene en vagina, Arnaldo, ortodoxas, significando por ortodoxas la forma de conseguir sus maridos plata estafando». «Bueno», contestaba. Me había oído pero no escuchado. Sordo no era: desentendido. Las palabras sí le llegaban: le entraban por un oído, pero se le confundían en las neuronas de su cerebro sin ni siquiera salir por el otro. «¿En qué estás pensando, Arnaldo?» «En nada». «¿En nada? ¿Quién nada?» Nadaban sus pisculinos en pelota en las neuronas de su revuelto intelecto.

¡Qué tiempos maravillosos los del psicoanálisis psiquiátrico, con fármacos o sin ellos, la edad de oro! Tiempos idos que no volverán. Todo se acaba, todo pasa, nada queda, Cronos barre hasta con el nido de la perra. La humanidad en el ínterin se descaró, se desvergonzó, y hoy todos fornican desde niños como enajenados y ya nadie necesita psiquiatra. Los psicoanalistas psiquiatras quedamos como caballeros andantes de los tiempos de don Quijote con nuestras lanzas en ristre, pero sin donde clavarlas. ¡Para qué tanto estudio, para qué tanta ciencia! Y quemé los libros de Stekel, que era un genio. Genio del pasado, olvido del presente y del futuro. ¿Perdurar? Más perdura una mosca en una telaraña.

No, no voy a escribir ningún libro de sexología, ni lo piensen, salen sobrando. Hoy el que vive picha y el que picha no lee porque no le queda tiempo. Me aburro mucho, no sé qué hacer, ya me cansé de este puesto. No me gusta que me aclamen, ni que me alaben, ni que me contradigan, ni que me den la razón. Darío Echandía dijo: «¿El poder para qué?» Y sí. ¿Para qué? A mí ni me va, ni me viene, ni me quita, ni me pone. Voy a aplanar las montañas porque se lo prometí a Colombia cuando me subieron los generales. *Voilà tout.*

¿De cuándo estoy hablando? ¿De cuando dos de mis más encarnizados detractores competían por la rectoría de la Universidad de Antioquia, mi alma mater? Es a saber: Vélez, profesor de altas matemáticas y cuántica, y Gonorrea Putricul, profesor de lenguas y literaturas románicas, de padre colombiano y madre francesa como bien lo indican sus apellidos, y traductor de Celine. ¿De entonces estoy hablando? No, de entonces no y de ellos no. Perdón, que perjuro y miento, lo de la U de A fue después, se me trabaron los cables por culpa del opio que anduve fumando durante años por razones profesionales en México, no por vicio. Con mencionar la palabra «opio» bastó. Me sugestiono fácil. Me digo como un epiléptico «Siento el aura», y preciso, me empieza la migraña. Por lo menos la migraña se anuncia, es muy noble. Cuando Colombia de agradecida por lo mucho que me debe me dispare a matar no va a decir «agua va». Ya sé dónde iba, en Nueva York, todavía ni siquiera llego a México. Cuarenta y siete años que viví en la Ciudad de los Palacios, quince de ellos ejerciendo de psiquiatra, ¿para volver a Colombia? ¿A qué? ¿A gobernar? La vuelta del bobo. No ando muy bien pero tampoco muy mal. Me falta concentración, eso es todo. Alzheimer no tengo. No nos preocupemos entonces y a ver qué nos trae el día de mañana.

En lo que dura una misa un feligrés podía tener en esos templos neoyorquinos del placer relaciones de mayor o menor cuantía, pero eso sí, todas non sanctas, con uno, dos, tres, cuatro, cinco, seis, siete, ocho, nueve, diez, dependiendo del ir y venir de esas almas en pena por los pasillos de cubículos ardientes, vaporosos, o bien de la longitud de las cadenas de bestias humanas que se formaban cuando las almas se corporizaban sudando vapor por los poros y entrando en trance sexual con el resto del cuerpo. En ese breve lapso de tiempo (pero eso sí, vivido intensamente, como una exhalación, con poppers y lo que caiga), las almas corporizadas podían infectarse de una, dos, tres enfermedades contagiosas que se les pegaban como pulgas oportunistas de las que se le suben al transeúnte cuando va caminando por la calle pensando en cómo mata a su mujer. Al día de hoy no existe un solo texto de inmunología que dé cuenta inteligible de lo poco que sabemos sobre el sistema inmunitario, ni que sospeche lo que ignoramos. La inmunología es una ciencia en pañales. Como la embriología, que está en el punto mismo en que la dejó hace siglo y medio von Baer mi precursor, un genio. ¡Cuál epidemia del sida! La que sí estalló, tras el cierre por la policía del *Stonewall*, famoso bar gay del Greenwich Village de Nueva York, nuestro Vaticano, fue la revuelta de las almas en pena, que armaron una revolución sexual de misiá hijueputa como dicen en Colombia, o de puta madre como dicen en México.

Cristianos o no, redimibles o no, tenemos un pasado lujurioso muy largo, pero mucho, muy anterior a Cristobobo pues se remonta a tres millones y medio de años cuando de entre el ramaje de unas acacias africanas surgió Lucy, el *Australopithecus afarensis* que solía andar por las ramas como filósofo borracho (Sartre o Heidegger, escojan), pero que de vez en cuando bajaba a tierra a ensayar el caminado en dos patas. Pues bien, estando Lucy tratando de alcanzar desde su acacia un banano o *Musa paradisiaca* de una mata de plátano que le quedaba abajo, que ve más abajo, en tierra, en el terregal calcinado, viniendo hacia su árbol, un ser que se le hizo igual a ella, con cabeza y pelo y todo y también sin ombligo, pero con un plátano que le colgaba de abajito del ombligo en vez de un hueco, y que como bandera arriada, como un trapo, al ir torpemente caminando se le balanceaba: de aquí para allá, de allá para acá. Bajó entonces de las ramas la frutívora sin plátano a curiosear, a ver más de cerca qué traía ahí colgando su semejante, ¿y qué pasó? ¿Se mataron? ¡Para nada! Como un clavo se precipita a un imán o un imán a un clavo, se lanzaron el uno contra la otra para hacer, en pleno paraíso terrenal, el dos en uno consensuado. Ni estupro ni violación hubo en el encuentro. En un mundo paradisíaco y que no conocía la violencia no podía haber violencia. Simplemente se necesitaban complementariamente ellos porque ontológicamente se sentían incompletos. Sí hubo penetración, Dios lo vio. Pero sin bestialidades.

Un corrientazo eléctrico recorrió los acoplados sistemas nerviosos de los enchufados y provocó un cortocircuito que soltó un chispero, que prendió un incendio, que se fue hacia ellos con sus llamas contoneantes de voluptuosidad rabiosa, avanzando por el pasto seco con las peores intenciones. ¡Qué horror! ¿Y por qué no se separaban? ¿Y cómo? No podían, estaban afianzados. Fuerza humana no habría logrado separar a los compenetrados, que seguían en lo suyo como si tal, como si las llamas vinieran tan solo a aplaudirles y a acariciarles las nalgas. Yahvé, que todo lo ve porque está en la esfera de los gallinazos, la más alta, al advertir la escena de abajo dijo en hebreo (que traduzco al español por falta en este maldito teclado de los caracteres abrahámicos): «Que se suelte el aguacero». Y se soltó y apagó el incendio justo cuando las llamas llegaban a Adán y a Eva, que así se llamaban. Nueve meses después les nacieron unos mellicitos preciosos, muy sexys, Caín y Abel. En 1974 y en el Valle de Harar de Etiopía, el paleontólogo norteamericano Donald Johanson descubrió los huesos fosilizados de la comedora de plátanos y la bautizó «Lucy». ¡Gabito! ¡Güevón! ¡Era Eva! ¡Nuestra madre Eva, la perdición de los hombres! Pues por culpa de esta maldita y su progenie y de la inoperante redención de Cristo hemos tenido aquí a Gaviria, Pastrana, Uribe y Santos, mis cuatro primeros hijueputas fusilados.

Pichen, paisanos, como Dios manda, que Yahvé nos ve y nos quiere y olvídense de la Parca, que pensando en ella no se puede vivir. Déjenla callada, no la distraigan que mientras ustedes pichan y ella no los mire es porque anda entretenida guadañando prójimo. Y mientras la tremebunda descabeza aquí y descabeza allá, vivamos el momento, que más vale una eyaculación bien eyaculada en tierra firme que toda una vida en las desflecadas alturas celestiales oyendo cantar a capella el coro de los angelitos. Odio la música de voces: a Palestrina, a Orlando di Lasso, a Tomás Luis de Victoria… La polifonía me saca de quicio y detesto la monodia. No resisto ni la música de cámara ni la sinfónica. Odio el trío, el cuarteto, el quinteto, el sexteto, el octeto, el noneto… Y los timbalazos de Beethoven los detesto. Y a Tchaikovsky, a Puccini, a Prokofiev, a Haendel. No los puedo oír ni en pintura. ¿Y saben cómo me imagino al caganotas de Bach? Un negro con peluca en un clavecín cagando jazz. Volvamos a Bergoglio.

Hoy papa de Roma pero cuando supe de él apenas arzobispo de Buenos Aires, una arquidiócesis tan pobre como la parroquia de Abriaquí en Antioquia, el pampeano Bergoglio me da lástima. La cosa fue como sigue, para que no me la vayan a falsear mis detractores. A la gran ciudad que baña el Río de la Plata con sus espejeantes aguas tuve que ir en misión promocional mandado por Planeta, la editorial donde por entonces trabajaba promoviendo libros en el departamento de propaganda. Y que cae en mis manos *La puta de Babilonia*, de un paisano mío, un libro prodigioso. No sé cómo logró este hombre semejante maravilla. La *puta*, como lo oyen, con sus cuatro letras en un bisílabo bien marcado porque «ramera» no le sonaba al autor porque con seis, y trisílabo, se le hizo mucho. Que mientras más breve un título, mejor porque a veces más vale menos, dice él. Y que preferible una rotunda puta bisílaba a *La increíble y triste historia de la cándida Eréndira y su abuela desalmada*, novela corta de título largo de la autoría del ponedor de huevos prehistóricos de que les he hablado.

Bueno, sigamos. Me mandó Planeta la explotadora a un hotelito del barrio Palermo para que me empapara del espíritu de Borges que dizque por sus calles seguía rondando. Ni lo vi ni lo oí. Por lo que a Borges respecta nací sordo y ciego. Me instalan en el hotelito ¡y a trabajar, a hacer el papel de la cuatroletras!

Iban llegando los periodistas a la recepción a preguntar por mí, y de allí me los iban chutando a mi cuarto: «Bien pueda suba, señor, con el fotógrafo, que él está allá arriba atendiendo. Primer cuarto a la izquierda, segundo piso ascensor». En efecto: atendiendo. Cada quince minutos salía un periodista bien atendido y entraba otro. Y el cuatroletras estuvo un día entero con su noche trabajando. Tal era mi cansancio laboral que un periodista entró tres veces y me entrevistó las tres sin que me diera cuenta. Me hizo las mismas preguntas, y a cada una le di distintas respuestas. En unas decía que sí y en otras que no. ¡Quién me agarra! Tan atareado estaría en el cumplimiento del deber que ni tiempo tuve de salir a la calle a conseguir alguna belleza sacada de la pobramenta cartonera, y me perdí el paraíso porteño por culpa de Planeta. Privar del sexo a un viajero se me hace criminal. Equivale a no darle de comer. Así procede también Avianca, émula de Planeta. ¿O fue al revés? ¿Aprendieron los de Avianca de Planeta, o los planetudos aprendieron de Avianca? Sale el avión tres días después, y los pasajeros varados en un aeropuerto durante semejante temporal sin dormir, sin comer, sin pichar, oyendo altavoces impertinentes y usando inodoro ajeno. Pero sigamos, que falta.

Si bien en el curso de mis entrevistas bonaerenses una misma pregunta se la contestaba distinto a los distintos periodistas, a todos les hice esta súplica: «Vayan y me le dicen a Bergoglio que si considera que mi paisano, el gran escritor de Antioquia, está calumniando a su Iglesia en el prontuario de sus crímenes que le levantó, que él lo espera en el seminario que escoja de la República Argentina para que tengan allí, ante un público de seminaristas que es a quienes más les va en el asunto, un debate civilizado, sin facas borgianas ni cuchillos de carnicero». No fue. No vino. ¡Qué iba a ir! ¡Qué iba a venir! Se cagó de miedo. Después el cónclave, iluminado por el Paráclito, lo escogió como gran baculiano de Roma, por dos razones: porque hablaba italiano por familia, y por latinoamericano. ¡Claro, como la Iglesia estaba perdiendo el mercado de la América Latina a manos de las sectas protestantes, ariete de la anglización del mundo, y se le estaban acabando en su bastión el monopolio de Cristo y las herencias de las viudas! A mi mamá antes de morir le quitaron la casa y la plata. Quedamos a la intemperie sin pan ni techo.

«Pero Bergoglio cómo va a ser papa, si no sabe latín?» nos preguntábamos los preconciliares, los clásicos. Hoy por hoy, señores, el latín no lo habla en Roma ni el Espíritu Santo. Esta paloma cagona a duras penas mascula el italiano, lingua franca de los purpurados, que se están cagando en ella como los burócratas de la ONU en el inglés. Prácticamente están convirtiendo a estos dos desventurados idiomas en lenguas cloacas. El Espíritu Santo de santo no tiene más que el apellido del que fuera presidente de Colombia y que en la primera tanda fusilamos con Uribe, fervoroso creyente que le rezaba para que lo salvara de las Farc. ¡Pendejo! ¡El Paráclito no levanta ni un pene caído! Úntense mejor Mentolín, lectores míos serbocroatas, que en cualquier farmacia colombiana lo encuentran: dilata los tejidos cavernosos muertos gracias al mentol que contiene, y el paciente ni siquiera se tiene que concentrar ni mucho menos tomar Viagra. Milagroso. Levanta la vejez caída a la altura de la adolescencia y no provoca infartos. No tomen Viagra que se mueren. Eviten una muerte pornográfica.

Pasó el otro día Bergoglio en su papamóvil por una avenida de México echándole bendiciones al pueblo y con un sombrero de mariachi en la calva. Me miró, me vio, me detectó, entré por sus ojos, y se hizo el bobo, el de la vista gorda. Y volteando hacia mí su culo gordo se dio a bendecir para otro lado. Has debido bajarte, cobardón, de tu carromato y tener ahí en la calle, *urbi et orbi,* ante el *populus ignarus et putrefactus,* un debate conmigo a ver si sí o si no. Todavía no ha nacido otro gallo que les cante a mis gallinas.

Y volviendo al pecado original y para no dejar este asunto como un *coitus interruptus* pues todavía me queda mucha tinta en el tintero, diré que por culpa de nuestros primeros padres los humanos pasamos sobre este planeta como fantasmas efímeros, pero enchufándonos unos con otros para sucedernos unos a otros y finalmente olvidarnos unos de otros. Y si Cristo de veras nos hubiera redimido del pecado original, habría tenido que haber suprimido, como Hijo de su Padre, la cópula heterosexual de las dos bestias complementarias que este hizo, y haberla reemplazado, si es que no le gustaba, por la reproducción asexual por partenogénesis o por clonación, o de lo contrario habría acabado con el género humano. ¡Qué iba a ser Hijo de Dios este pendejo, no sirvió para un carajo!

Y acto seguido, «Ministro —le dije al de Educación—, le voy a hablar del soldado Miguel, una belleza de raza mezclada que me trajeron mis proveedores desde un cuartel del Tolima a palacio, preste atención». Y se lo describí con pelos y señales. Conjuntaba él en su belleza desnuda la arrechera de la especie en sus múltiples razas. De nombre hermoso pues por lo menos su mamá no le puso uno de esos inventados que se estilan ahora sino el del arcángel san Miguel, el príncipe de los espíritus celestiales, posee el aparato reproductor más bello de los que conozco, y gracias a mi dedicación conozco muchos, en el que Colombia supera en tamaño, brillo y perfección escultórica a cuantos se hayan venido dando en la interminable cadena de las generaciones, en este renovado caer y levantarse de la especie como Cristo en su Vía Crucis. Ni la Antigüedad, vaya, que se hallaba más cerca del ímpetu original, lo vislumbró desde su Faro de Alejandría, una de sus siete maravillas. «Con decirle, ministro, que empecé a creer en Dios». Y aquí viene lo importante: «Reúna la documentación pertinente, gráfica y fílmica, y me la manda a la UNESCO para que declare este aparato prodigioso que honra a Colombia Patrimonio de la Humanidad».

He querido, Peñaranda, evitar que Colombia se nos convierta en un inodoro cósmico desbordado. Ya fusilé a los que más empeñosamente se cagaban en ella: Gaviria, Pastrana, Uribe, Timochenko, Iván Márquez, Romaña, Santos, sin olvidar a Alejandro Ordóñez Torquemada, hijo de un tal señor Ordóñez con la señora Torquemada, su cavernícola madre. Sinceramente no puedo con el problema de la continua excreción de los habitantes. Acabo con los políticos y me quedan los curas. Acabo con los curas y me quedan los narcos. Acabo con los narcos y me quedan los paracos. Acabo con los paracos y me quedan los faracos. Acabo con los faracos y me quedan los secuestradores. Acabo con los secuestradores y me quedan los atracadores. Acabo con los atracadores y me quedan los grafiteros. Acabo con los grafiteros y me quedan los raperos. Acabo con los raperos y me quedan los médicos. Acabo con los médicos y me quedan sus putas madres. La humanidad tiene que limpiarse de la mugre a diario, pero con la religión tengo que acabar de una vez por todas sin dejar rastro porque la maleza retoña. ¿Quemo las iglesias? ¿O las convierto en letrinas? ¿Pero a dónde llevo los desagües? ¿A los ríos? Los ríos van a dar al pobre mar, y lo tenemos convertido en una inmensa fosa séptica. No barramos el polvo echándolo debajo de la cama. Si el agujero negro más próximo me quedara cerca... Pero me dice Stephen Hawking, el gran especialista en culos cósmicos, que está a años luz. ¿Qué hacer, Peñaranda? Me rebasa el problema, no pego un ojo. Y si por suerte me duermo un minuto, sueño con que estoy despierto. La realidad me rebasa, Peñaranda, no te puedo ni dictar. Hago responsable a Dios de los males de este mundo y de la mierda de Colombia. Como Él es la *Causa Causarum* o Causa de las Causas, el Mal de todos los Males... De haber hecho yo esto lo habría hecho bien, sin innecesarios sufrimientos. Y que no me vengan los estafadores de la religión con la respuesta de que los designios de Dios son inescrutables. Pruébenme que Dios existe, pruébenme que sus designios son inescrutables, pruébenme que Él es la Suprema Bondad en vez de la Suprema Maldad. De existir Él, es Satanás, en vez de ser Satanás su lacayo.

¿Pero de qué Dios estamos hablando? ¿Del del Antiguo Testamento o del del Nuevo? El del Antiguo se llama en hebreo, la lengua en que está escrito este, Yahvé. El del Nuevo, que está escrito en griego, se llama *Kirie* porque así tradujeron al Yahvé hebreo, hacia los siglos I y II antes de nuestra era y en Alejandría, los setenta traductores míticos a los que la leyenda les atribuye la *Septuaginta,* la traducción de la Biblia judía a la lengua de Grecia, en la que nació la Iglesia, la cual poco a poco la fue cambiando por el latín como la suya. El *Kirie* griego significa en español «el Señor», y en latín Dios se dice *Deus,* que no corresponde a un solo Dios pues el partenón de los griegos está lleno de dioses. Me hace gracia el cuento ese de «el Señor». Señores es lo que abunda en este mundo. De niño pensaba que el Señor era el señor Morales, un vecino de mi casa del barrio de Boston, quien tenía enseguida de la nuestra una farmacia, la Botica Amistad. O bien el señor Quiñones, un hombrecito sin edad definida que tocaba un órgano de pedal en la iglesia en que me bautizaron, la del Sufragio. Tenía dentadura postiza, lo que llaman en Antioquia marcianamente «caja de dientes». Y en una ocasión se le cayó y la perseguía por el suelo arrodillado pero sin poderla agarrar: cuando la apretaba con la mano se le resbalaba y la impulsaba otro tramo. «Señor Quiñones, déjeme a mí a ver si yo puedo». Imposible. A mí también se me iba. ¿No vieron ustedes la película *Dedos macabros,* en que la mano sin cuerpo de un asesino perseguía gente y se les subía desde el suelo hasta el cuello a asfixiarlos? Terrorífica. Pues así, hagan de cuenta. Búsquenla en YouTube, que a lo mejor está. La realidad es muy rara, los niños muy asustadizos y las cajas de dientes se van.

En el gran matadero que es lo que era el Templo de Jerusalén, sus matarifes y carniceros, los levitas, habían concentrado el monopolio de la carne en Israel, y vivían para sacrificarle todo el tiempo a Yahvé becerritos, palomitas, corderitos y todo tipo de inocentes animales, y asárselos a la plancha porque el insaciable Ser se arrechaba con el olor de la carne asada. Era su Viagra. Lo dice el Levítico, tercer libro de la Biblia hebrea o Antiguo Testamento, busquen a ver si estoy inventando. No me da para tanto la imaginación. Lo que les estoy diciendo lo tomé de *La puta de Babilonia* de mi amigo el todólogo paisa. Me ha aclarado tantas cosas ese librito… Lo tengo de libro de cabecera en un altarcito y le prendo velas.

Pero no vayas a poner lo que precede, Peñaranda, que no todo lo que te diga es dictado. Parte es confidencia. Borra, borra. Los colombianos son muy brutos y no les da el cacumen para honduras teológicas. Inmorales de nación, nacieron sucios, con el culo sucio y el alma tenebrosa. Y malagradecidos. Si uno les da, agradecen. Mas si por agotamiento de tu bolsa o por cansancio les dejas de dar, si te vi no te conozco. ¡Ay del que se deje montar sobre sus hombros un limosnero colombiano porque de ahí no se lo baja ni el Putas! En otros climas la humanidad no es así, ¿o me equivoco? En los distintos parajes cambia. Mucho. Cambia mucho. No sé por qué Thomas Bernhard odiaba tanto a sus paisanos, los austríacos. Desde aquí se ven muy buenos… Vámonos a vivir a Austria, Peñaranda, que esto ya no da pa' más.

¿Y has visto lo que escriben contra mí Vélez y su claque en los foros y las redes de Internet? El Internet, iluminador de almas, lo han convertido en la voz de la chusma. En él la horda boquisucia y culiinmunda pontifica, calumnia y caga. «La pared y la muralla son el papel de la canalla» decían en mi niñez. Hoy la canalla no escribe en los muros verticales sino que se enchufa a la red. ¡A enchufar a sus madres, opinadores de red, que el derecho a la palabra se lo gana uno con su esfuerzo, nadie nace con él! Además aquí se acabaron los derechos, tanto por nacimiento como adquiridos con el esfuerzo. Solo quedan los deberes.

Años y años despotriqué contra el Internet, ¿y ahora qué? Me convertí en su devoto. Vivo enchufado a su erudición, no la suelto. Me latiniza, me imbeciliza y encuentro en él lo que quiero pero ya no quiero. De mi manía enciclopedórrica me curó un psiquiatra, el doctor Flores Tapia. Hoy solo quiero saber cuánto me falta por saber. Prácticamente todo porque en estas cumbres matusalénicas que he coronado lo que aprendo se me olvida. ¡Un día se me olvidó Hitler! ¡Quién es, por Dios, que no me acuerdo! Gracias a Dios me acordé de «Führer» y de ahí me agarré. Tecleé Führer en mi *computer*, y que me sale en la pantalla un engendro gesticulante, un energúmeno vociferante. ¡Claro, es él! ¡Hitler! Ji-tler, pronunciando la hache como jota y juntando la te con la ele, como hacemos, correctamente, los hispanos de América, pero no los españoles de España porque a estos, además de cerriles y endeudados y malaspagas, no les dan la lengua ni las cuerdas vocales para juntar en una sílaba dos letras. Hitler lo pronuncian «Íler», golpeando la i como si le tuvieran rabia. Y Atlántico lo pronuncian «At-lántico». Y atleta, «at-leta». Y si amanecieron muy haraganes, muy aperezados, que es lo usual, quitan la te y pronuncian «aleta». No puedo con esta gente. ¡Qué bueno que nos independizamos de ellos! Soy un bolivariano iracundo. ¡Viva Bolívar! ¡Viva el Libertador! ¡Abajo los Borbones zánganos, cazadores de animales, ladrones, pero en grande, de miles de miles de millones de dólares o euros! ¡Que mueran el culón Franco alias «Paquita la culona» y su puto rey de España! Y sus hijos. Y sus hijas, las infantas, y cuantos les nazcan.

Este Jítler o Íler, o como lo quieran llamar, cruza los brazos cuando perora abrazándose a sí mismo con fuerza como si alguien le fuera a robar un tesoro. Perora en alemán, lengua consonántica que al hablar escupe al oyente. Frente a un alemán, deje usted un metro de separación o abra un paraguas. ¡Pero qué envidia la que me dan! Con semejante arma consonántica la tuvo fácil Íler. ¡Las lindezas que habría hecho yo en esa lengua germánica poseída por la indignación y la rabia! Me tocó al nacer, por mala suerte, una lengua latina, maricona, vocálica. Para el insulto el español no sirve, carece de resonancias. Me voy a cambiar de idioma.

Vuelvo al Internet, mi droga, mi hostia santa. Escribo *duce* y me aparece en la pantalla Mussolini el eunuco tapándose con una boina la calva. Perora con frases cortas en medio de pausas largas: sujeto, verbo y predicado y de ahí no pasa. ¿Y a esto lo llaman un gran orador? Será de rodillas pidiendo y rogando… Desconoce la subordinación del período clásico que uso yo, la cláusula de Chateaubriand que saco a relucir de vez en cuando por joder, o para darle un respiro a la acción con rompimiento de mi estilo entrecortado, a ver si se sosiega este arroyo furibundo que va de piedra en piedra abofeteándolas por atravesársele en el camino. Ya te dictaré, Peñaranda, uno de mis clausulones de página y media para cortarte el resuello.

Tecleo «Pacelli» y me aparece la momia putrefacta de Pío XII en la pantalla. ¡Uf! ¡Qué asco! Huele a flatulencia camino a mierda. El tartufo máximo que ha parido la Iglesia abriendo en YouTube los brazos al cielo para abarcarlo entero como si fuera suyo y él su único dueño. *Figlio di puttana, mascalzone, farabutto,* que Satanás te esté calcinando con fierro al rojo vivo y puntiagudo la desembocadura de las tripas, tu culo.

Escribo «Nicolás Maduro» y aparece un carnicero inmundo que suelta un torrente de vómito entre arcadas y me inunda el cuarto. Está pasado de matar este hijueputa. ¡Qué inmundicia! Nadie me ha asqueado tanto en América como este, ni los Castro.

Escribo «Che Guevara» y me aparece un hombre joven de buen ver hablando. Presto atención. ¡Qué raro! No habla en argentino ni en cubano. Habla en español continental, el panhispánico, el de América, el de todos, dejando por supuesto a España por fuera cuando digo «de todos» porque desde hace mucho sacamos del idioma a esta culona de una buena patada en las nalgas. Inteligentísimas las respuestas del Che. La cobra gringa que lo entrevista se enreda en sí misma. Un poco más, Checito, y la haces enroscar clavándose la ponzoña. La cobra empieza una nueva pregunta con esto: «En Cuba dicen que el más sincero de la isla es usted, que siempre dice la verdad». Me paralizo. ¿Sincero? Como yo, pero no grosero. ¿Y que dice siempre la verdad? ¿Y qué es lo que digo yo entonces pues, o es que estoy mintiendo? Desde entonces quiero al Che Guevara. ¿Que mandó matar a muchos? ¡Y cuántos son muchos! Que pase pues el entrevistador que estoy en período lúcido y encarrilado y con el alma alerta.

—¿Qué opina, Excelencia, del enfrentamiento entre Colombia y Antioquia, su patria chica?

—¡Qué bueno que saca el tema a relucir, joven! Usted es brujo, lee la mente ajena. Le contestaré que una federación multidepartamental confabulada ha pretendido acabar con Antioquia y no ha podido. Pero Antioquia a su vez ha querido acabar con Colombia y tampoco.

—¿Y usted, Excelencia, en ese tire y afloje en dónde está?

—Exactamente, usted lo ha dicho. Yo tiro y aflojo.

—Si no lo interpreto mal, Excelencia, usted lo que busca es la unión de los colombianos…

—Por el contrario. Pueblo dividido, pueblo gobernable. Si no, no se deja. Déjeme pensar un momento a ver cómo se lo traduzco al latín… Ya lo tengo: *Populus divisus, populus indivisus*. Ya ve, el latín es conciso, elíptico, economiza en verbos y en artículos (yo aquí en burócratas). Con el sustantivo basta. Si digo, por ejemplo, «un corredor», ya sabe usted que el hombre está corriendo. Tratándose de corredores, el verbo «correr» en consecuencia sobra. Eliminado el verbo, se eliminan de paso la conjugación con sus personas, tiempos y modos, un problemón para los niños. No más indicativo, no más subjuntivo, no más presente, no más futuro, que de todos modos futuro no tienen los niños colombianos y el sustantivo se mueve quieto: decimos «corredor», y el corredor corre sin necesidad de verbo. Los niños andan muy ocupados en sus funciones excretorias y en la destrucción de bienes para estar ocupando la mente en gramatiquerías y conjugaciones. A estos pequeñuelos el Estado (o sea yo) solo les va a enseñar en adelante una cosa: a respetar. A respetar al prójimo. Entendiendo por «prójimo» los otros colombianos y demás animales.

—Como quien dice, la unión en la desunión.

—Exacto. La unión de hoy traerá mañana las disensiones. Para prever males mayores, que lo que vaya a ser más tarde que sea ya. El mal camino hay que andarlo pronto. Además, si estamos desunidos, soñamos con unirnos. Pero si estamos unidos, ¿con qué soñamos? ¿Con desunirnos? No faltará nunca un Iván Márquez o un Timochenko o un Romaña que cuando reine en Colombia la unión enarbole la bandera de la desunión. Ya los fusilé pero otros surgen. Los produce la tierra como hongos venenosos.

—¿Y entonces para qué los fusiló?

—Por el placer de oír tiros y oler pólvora. Me transportan a los diciembres de mi infancia. Y no me le quite, joven, el «Excelencia» en las preguntas, que me pone a cojear cuando camino.

94

Le voy a ilustrar tantísimas cosas con un ejemplo pues un ejemplo dice más que mil explicaciones. Con una mula. Una que no quería andar por más fuete que le dieran y que por incorregible se la regalaron a mi abuelo. Al llegar al alto desde donde se divisa San Roque viniendo de Santo Domingo, justo en la mitad del camino de herradura entre los dos pueblos, la mula se ranchaba, no quería seguir, no la movía ni el Putas. Esto pasaba siempre, en la mañana o en la tarde, lunes o martes, enero o febrero, tronara o no tronara, lloviera o no lloviera o lo que fuera. «Antes que seguir —se decía a sí mismo el animalito—, muerta. Si ya subí hasta aquí, ¿para qué voy a bajar? Además esta bajada está muy empinada y de pronto me desbarranco. ¿Y quién me paga la atención médica? No tengo seguridad social porque el patrón no me la ha dado. A mí me explotan día y noche gratis violando los derechos de las mulas. Que me maten».

Bien pertrechado de comida, de un paraguas parasol por si llovía o ardía el sol, y con el periódico de Antioquia *El Colombiano,* mi abuelo resolvió enfrentar de una vez por todas la situación, que parecía insoluble. «¡Ah, con que la señorita no va a bajar! —le dijo mi abuelo en voz alta a la mula para que oyera, montado en ella—. Tiempo me sobra». Y sentado en ella abrió la sombrilla y se entregó a *El Colombiano,* órgano deletéreo de la familia Gómez Martínez que ha convertido a este pasquín calumnioso en la más grande obra de imbecilización que ha tenido Antioquia en cien años. Y cuando acabó de punta a punta la publicación mefítica, incluyendo los avisos de ocasión, se puso a rezar el rosario. Y como la mula seguía ranchada, se siguió con un trisagio. ¿Quién se aguanta un *Colombiano* con trisagio sin ir al baño? Pues mi abuelo. Y la mula cedió y andó. «Anduvo» se decía antes, pero como por decreto regularicé los verbos irregulares para darles gusto a los niños colombianos… Andó pues la mula, *motu proprio* pero como sin querer, haciéndose la remilgada, y de pasito en pasito he aquí que de súbito se suelta en carrera desbocada, y potenciada por la fuerza de gravedad se echó la bajada en lo que relampaguea un rayo sin que hayamos logrado saber en la familia hasta ahora cómo no se mató con mi abuelo encima.

En época de lluvias (que allá llaman «invierno», aunque nunca nieva), las montañas se cargan de toneladas y toneladas de agua y se vienen abajo con árboles, vacas, lo que encuentren, como por ejemplo barrios de invasión, los que construyen los pobres en tierras ajenas que se roban para tener techo sin tener que comprar terreno. Y como castigo de Dios por ladrones, entre truenos y relámpagos los sepulta el lodazal. Y después, claro, que venga corriendo el presidente a sacar cuerpos y a resolverles a los sobrevivientes el problema de la vivienda, y el de la comida, y el del transporte, el de la salud, el de la educación, el de la excreción, el del sano esparcimiento... Piden y piden y piden como desechables. Hay que ponerles inodoros o se cagan en las calles. A los damnificados les tengo terror. Con decirles que los desechables para mí son un postrecito de zarzamora con nieve de vainilla al lado de estos... Como estos tienen tragedia reciente y los otros en cambio se nos volvieron en sí mismos una tragedia permanente... Lo ve a uno un desechable y se dice por dentro pero uno les lee el alma: «¿Ves, hijueputa, lo que me hicieron?» Y nos enseña una llaga. Y si uno no les da y con suerte no nos matan, ganas no les faltan. ¡No haberle tocado a la Unión Europea en el reparto de los bienes de este mundo los damnificados y desechables de Colombia! Dios sí ha sido muy injusto con nosotros...

Qué problemita además el que tengo con la cordillera de los Andes que al entrar a Colombia, viniendo de abajo desde la Patagonia y no bien toca tierra colombiana, se trifurca en los siguientes ramales: el Occidental, el Central y el Oriental, a los que nos hemos encaramado para construir en sus cuchillas el país. Y claro, da usted un paso de más, y se va al abismo por la derecha o por la izquierda. Estas faldas o paredes de estos Himalayas están negadas para la agricultura, la ganadería y la civilización. Siembra usted una mata de plátano en ellas, y se le rueda. Pone usted a pastar a una vaquita, y se le desbarranca. Ya vieron lo que pasó con el barrio de invasión: se lo llevó la montaña. Solución: aplanar las montañas. En las líneas laterales de un triángulo, obvio es que hay más lugar para construir que en la línea de la base. Pero con todo y lo que le he bajado a la población de fusiladero en degolladero y de degolladero en quemadero, en la base acomodo perfectamente a Colombia. ¡Qué me importa que se nos encoja el territorio! En nuestra base lineal caben holgadamente, sin que se alcancen a ver unos de otros para que no se maten, doscientos mil habitantes. Doscientos mil menos uno, que soy yo, el que los representa y el que ahora, con todo respeto, les habla. Construyendo pues sobre una sólida base poblacional, el salvador de Colombia pasará a salvarla de sus montañas.

—¿De qué le estaba hablando, joven, antes de los deslizamientos de tierra con arrastramientos de barrios?

—De la mula de su abuelo.

—No me lo insulte tampoco, que él no era mula.

—Quiero decir, Excelencia, que su abuelo tenía una mula.

—¡Ah, así la cosa cambia! Lo quise mucho, con todo y lo malo que era. Apague la grabadora que le voy a contar. Y después no me salga con indiscreciones, que de todo me entero...

Viví convencido de que mi abuelo jamás había traicionado a mi abuela. No digas nunca «nunca» porque nunca se sabe. Mi hermana Gloria, que ya murió (dejando un par de engendros de hijos), me lo contó todo. Mi abuelo vivía en Barranca y mi abuela en la finca Santa Anita en Envigado, Medellín, Antioquia. Una vez por la cuaresma venía mi abuelo a visitarla. «Raquelita —le dijo en una de esas visitas cuaresmales—, ya sabés que la mayor parte del año tengo que estar en Barranca por el negocio. ¡Ni te imaginás el calorón! Se desvanece uno. Y a un lado del pueblo va el Magdalena arrastrando entre el lodo caimanes, que si uno se resbala y cae se lo comen. Te voy a pedir una cosa: ¿Me permitís tener allá una mujer porque me hacés mucha falta?»

—Que me cuenta esto Gloria y que se me cae el cielo encima. Siempre pensé, joven, que detrás del cascarrabias de mi abuelo había un santo, un santo Job. ¿Un santo Job? Santos Jobes solo existen en la puta Biblia. ¿Está grabando? Borre lo anterior que yo no soy malhablado sino cuando me sacan la rabia. Y le sigo contando.

Mi abuela, caritativa y bondadosa en un mundo de egoísmo y rapacidad, todo lo entendía sin comentar. Entendía la profundidad del dolor humano y el de los animales porque los quería tanto como los quiero hoy yo. A mi abuela es a quien más he querido. Más que a mis perras amadas, que ya es decir. La quería desde aquí hasta Envigado y desde Envigado hasta la última galaxia. ¿Sabe desde dónde le estoy hablando en este instante? Desde las alturas celestiales.

Pues bien, mi abuela le dio permiso pero con una condición: que la mujer fuera vieja, fea y desdentada para que no se enamorara de ella. Y mi abuelo cumplió porque era honorable y honrado: se consiguió una Angela Merkel. «Glorita —le dije a mi hermana—, me derrumbaste el cielo». Y me puse a llorar.

—Bueno, joven, le agradezco la entrevista, me ha servido usted de psiquiatra. Ha sido para mí mi doctor Flores Tapia. El poder del psicoanálisis radica en que hablando uno y diciendo las cosas, soltando la lengua atada, se curan los males del alma. Vuelva cuando quiera y lo invito a otro café.

Si ustedes le ponen adelante, en la punta de un palo, una zanahoria a un caballo (pero que sea caballo caballo, no la mula de mi abuelo), el caballo anda. Va andando detrás de la zanahoria y la zanahoria adelante de él. Da un paso el caballo y da otro la zanahoria. ¿Avanza la zanahoria? Avanza el caballo. ¿Se para el caballo? Se para la zanahoria. Y así. Pues lo mismo ocurre con el tiempo: el presente persigue inútilmente al futuro y jamás lo alcanza. El escritor inglés George Orwell publicó su novela futurista *Nineteen eighty-four* en 1949, treinta y cinco años antes de lo anunciado en el título. Enojado con él por meterse con él y andar manoseándolo y tergiversándolo, mesecitos después de que este escritor publicara su novela, el Futuro lo mató con el bacilo de Koch. ¿Un futurólogo muerto? ¿Y por un animalito diminuto? Se quedó el futurólogo sin presente, ni pasado, ni futuro. No tienten al Futuro que en él está la Muerte, andan juntos en mis *Sinonimias hispánicas*. Transeúntes de la vida vamos de la nada hacia la nada a caballo de la Muerte. Mientras tanto voy a ver qué zanahoria le pongo en la punta del palo a Colombia, a ver si anda esta maldita mula ranchada.

Y ahora sí, tras tanta interrupción de periodistas etcétera, que me desconcentran, retoma tu péñola, Peñaranda, y escribe en latín, que hoy amanecí ardiendo en latinajos: *Mors magistra vitae:* La Muerte es maestra de la Vida. ¿Ves por qué ando matando? Porque viendo morir a un delincuente en funciones se cura el vivo de sus malas intenciones. El grafitero que tome la brocha para embadurnar muros ya sabe pues: *Mortus est qui non resollat et non patallare potes*: Muerto está el que no resuella ni patelea como Vargas soñando con homenajes y honores. Y prohibición expresa a las

embarazadas de salir a la calle para evitarles a los niños transeúntes espectáculo tan bochornoso.

Sibaritas, hijos de sus madres: ¿Cómo pueden comer-
se una tortuga, que es un vertebrado como nosotros? ¿O los
pulpos y los calamares, los más inteligentes de los inverte-
brados? Un pulpo es más inteligente que un colombiano.
Y no hace el mal. Victor Hugo los calumnió en una novela
de la que ya nadie sabe. Solo yo. Que el Departamento Ad-
ministrativo de Seguridad DAS me ubique a los epicúreos
para cocinarlos en agua hirviendo a ver qué caldo de chef
sale de mis hogueras. No. Mejor a fuego lento porque con
mucho calor se entiesan. El colombiano copia, plagia y se
roba lo que ve y lo que puede, ideas propias no tiene. ¡Para
qué, si lo ajeno es suyo! Derechos todos, deberes ninguno.
Como al pobre lo parieron… Como el pobre vive convencido de que con el nacimiento él también heredó todos los derechos… Las montañas en que se alzan las comunas de Medellín, que ellos invadieron y ocupan, y que con tanto peso
que les han montado encima, más el cielo que las baña con
sus torrenciales lluvias, se están viniendo abajo, derrumban-
do. Los deslaves o derrumbes o deslizamientos de tierras o
avalanchas o como los quieran llamar se las están arrastrando porque la tierra no puede ya con tanta miseria y peso y
tanta agua. ¿Me creerán, lectores míos serbocroatas, que en
esas comunas, en esas montañas, ahí, puticas de 13 años ya
son madres, con papacitos de 15? Los comuneros nacen pobres y mueren brutos, convencidos en su miseria ignorante
de que el espacio se estira y da sí. Y sí. Lo dijo Einstein que
juntó el tiempo y el espacio volviéndolo espaciotiempo. ¿Y
con qué lo midió? ¿Con la cinta métrica del agrimensor de
*El castillo* de Kafka? Ignoro, lectores míos serbocroatas, si su
Josip Broz Tito fue tan buen gobernante como yo. Pregún-
tenle a Peñaranda a ver.

—Diles Peña, tienes la palabra.

—¡Claro que no! Él estaba a años luz.

—No me gusta tu respuesta, Peña, es muy confusa. Estás hablando como cosmólogo en años luz. Como si la luz viajara y en vez de Dios hubiera existido el Big Bang… No seas ambiguo, contesta claro. ¿Quién está arriba y quién está abajo a años luz. ¿Tito o yo?

—Pues usté, Excelencia.

—Yo qué: ¿arriba o abajo?

—Su Excelencia está arriba y el otro abajo.

—Aaaaaah… ¿Sí ven?

Con los exyugoslavos hay que tener cuidado, Peñaranda, no vayan a resultarnos como los periodistas colombianos que todo lo tergiversan. El periodista colombiano es por naturaleza mendaz y embustero. Pero no lo vayas a poner, que no te estoy dictando. Aprende a distinguir cuando te hablo de cuando te dicto.

Pablo Escobar, el narcotraficante que por poco no le da su nombre a Colombia, dejó muy mal educados a los niños de las comunas, los barrios de invasión que están arriba de las montañas, entendiendo por «invasión» lo que aquí se entiende: «robados». Pablo los educó en el fútbol y el sicariato. Montó en las comunas un seminario de futbolistas y sicarios. Hagan de cuenta el seminario de La Ceja al que me querían llevar los salesianos y no me dejé. Por bruto. Bruto que fui. Donde me hubiera dejado e ido p'allá, hoy estaría pontificando en el Vaticano bien atendido, bien incensado, en vez de estar cargando con damnificados y desechables que derrumban hasta el puente de Brooklyn si les da por pasar por él. Hoy Bergoglio le habla al mundo, ¿y yo a quién? A cuarenta y ocho míseros millones de colombianos, siendo hoy la población mundial de siete mil quinientos millones de millones de millones. ¡Cómo no voy a envidiar yo a Bergo-

glio! ¡Cómo me piden que lo pueda querer! Soy su malqueriente. Le voy a declarar la guerra en las redes.

Nací un siglo después de la fotografía, medio siglo después del cine, y me voy a morir como cualquier hijo de vecino
de muerte natural de la que moriremos todos: de guerra atómica. Mientras tanto duermo bien, ¡pues qué puedo hacer! Yo
por Colombia respondo, pero no por el mundo. Me levanto
a veces a la media noche, cuando mi reloj de campana y pén-
dulo me da las tres, a firmar sentencias de fusilamiento como
Francisco Franco, de quien hay tanto que aprender, y otra vez
al sueño, a olvidarme del mando y sus vanaglorias. Mío propio solo tengo este Palacio de San Carlos pues el reloj de la
finca Santa Anita, el de la abuela, el que tanto amaba, más que
la niña de mis ojos, me lo robaron en el robo de Casablanca,
mi anterior casa: cargaron con cuanto había en el interior de
adentro, y con cuanto había en el exterior del techo. De adentro se robaron hasta el inodoro. Y del techo el techo entero, las
tejas. Me dejaron sin techo sentado en el murito de la casa de
enfrente pensando como el pensador de Rodin. ¿Y dónde estaba Colombia mientras me saqueaban mi casa? ¡Pues cumpliendo su deber! En la DIAN. Cobrando impuestos.

¿Y para qué los impuestos? Para engrosar las arcas del
Estado, o sea las propias de los que las engrosan, y para al-
cahuetiar pobres, a nuestra pobrería subsidiada, alcahue-
tiada, zanganiada. Viendo fútbol sentados en sus culos los
365 días de fiesta de que gozan al año por la «Ley Emiliani»
que les marca, eso sí, sus pausas: pausa pa pichar, pausa pa
engendrar, pausa pa parir. Cuando gesta y pare la hembra,
aquí el macho por ley descansa.

Para ellos agua potable gratis, electricidad gratis, pavi-
mentación de calles gratis, educación primaria gratis, se-
cundaria gratis, universitaria gratis, posuniversitaria gratis,
museos gratis, conciertos gratis, bibliotecas gratis, impues-

tos nulos, exigencias miles. No salían ni a votar pero eso sí, exigiendo derechos como mendigo con garrote.

Al último ministro de Hacienda, el bellaco Carrasquilla, que subió al puesto subiendo los impuestos, lo quemé con su mujer. Se me iban a escapar como el hijo putativo de Uribe, Uribito, a los Estados Unidos. Me los agarraron con un pie en el estribo, la escalerilla del avión. Salían en un jetcito con autonomía de vuelo para llegar a la Florida a la una pasado meridiano desde el campo de aviación de una finca del Magdalena Medio. Los esperaba el chef haitiano Thevernin de Azuá del Cocó Bambú Restaurant de Miami con su famosa cazuela de mariscos que les estaba preparando según le ordenaron por celular: «No me le ponga cebolla que a mi mujer no le gusta». «Perfecto, no le ponemos cebolla. ¿Ajo sí?» «Ajo sí». Los cazuelé a fuego lento sin cebolla pero con ajo. Como a su predecesor, Mauricio Cárdenas no sé qué, burócrata de nación de los que nacen pegados de la teta pública como los hijos de Galán, que también fusilé. Andaba el tal Mauricio masturbando a las calificadoras internacionales de riesgo Standard & Poor's, Moody's y Fitch, para aumentarle la deuda pública a Colombia hasta la estratosfera. A este pobre país quebrado, a esta mendiga transnacional que habiendo perdido la vergüenza organiza Mesas Internacionales de Donantes. Por supuesto que no para dar, más da un papayo seco: para que le den y poderles decir a sus benefactores «Mi Dios se los pague». Debe ser «lo», en singular, porque el plural está en el «se». ¡Mendiga bruta, no sabés ni español, te voy a educar a reglazos en las nalgas! Anímense, colombianos expatriados, a traer la platica de afuera a su patria y verán cómo los deja en pelota.

Y no más llanto de damnificados, ni pedigüeñeces de subsidiados, ni más niños alimentados con la leche del Estado que el que quiera tomar leche aquí que ordeñe a su madre y no a las colombianas vacas, mis hermanas, que tan generosamente la han estado produciendo desde siempre gratis, como trabajo yo ad honórem. Quitarles la leche a los terneros, sus legales dueños, para alimentar a un crío humano que después se los habrá de comer cuando crezca, se me hace monstruoso. Equivale a arrancar a un bebé de las tetas de su madre para vender la leche de esta en Colanta. Leche de mujer, veneno del planeta. Miren cómo lo tienen. Miren cómo lo dejaron. Se cagaron en el mar y derritieron los polos.

¡Qué afortunados mis expresidentes fusilados, les fue de ensueño! Como a anciano vuelto a la niñez en viaje a Disneylandia. Irse uno al otro mundo sin tortura, mandando yo, un privilegio. Se me escaparon de la hoguera. Como los generales me sacaron de la cama medio dormido restregándome los ojos… No alcancé ni a ponerme los calzones. Que corriera a tomar las riendas de la mula como estaba que yo era el único que la podía echar a andar. Y ahí me tienen en piyama en la Televisora Nacional conminando al país en cadena. Me hice enfocar en medium shot para que no se me vieran las patas. Como estudié dirección de cine en el Centro Experimental de Roma… Mi intervención ha de estar en YouTube con buen rating: entre mil y mil quinientos millones. Más que los católicos de este mundo. Me dicen que el que la montó le puso «Un parteaguas en la Historia de Colombia». Ni me alegra ni me entristece. No sé… Partir en dos la Historia de Colombia se me hace como partir mierda.

Nadie sufre en la nada. Por eso, madres colombianas, despídanse de la reproducción. Si ya parieron, se pudrirán en mis trabajos forzados. Y si aún no, absténganse. Dejen a sus niños en la eternidad de Dios donde están, quietos, sin sufrir ni hacernos sufrir a nosotros. ¿O por qué creen que Él en su Sabiduría Absoluta los tiene ahí?

—¿Y qué va a ser del bebecito recién nacido, Excelencia?

—Que lo críen las monjas con la financiación de Cristo.

Al gran Alberto Fujimori, el que fuera presidente del Perú; el que acabó con Sendero Luminoso, con lo que no habría ni soñado Vargas en sus más delirantes sueños; el que les ligó a miles y miles de peruanas pierniabiertas las trompas de Falopio; a ese, con un motu proprio que vale para el ancho mundo, lo canonicé. Y con un decreto express lo nombré patrono de Colombia. Se le reza así: «San Alberto Magno Fujimori, ligador de trompas, líbranos de tanta madre». En un dos por tres esterilizó a seis millones. Seis millones en potencia propincua de hacer el mal y que no lo harán. En cambio aquí a las FARC las dejamos impunes. Y en Colombia no hay más esterilizada que ella misma, a la que, como con un cauterio, entre periodistas y políticos, la Iglesia y la FIFA, le esterilizaron el alma.

Y los milagros de Fujimori los hizo este callado, sin estarlos cacareando como los versos de Neruda o los huevos de Gabito. ¡Cómo no lo voy a querer! ¡Cómo no lo voy a admirar! ¡Cómo no lo voy a canonizar! Y Neruda era un comunista estúpido: «Quiero escribir los versos más tristes esta noche». ¡Ay, tan inspirado esta noche el vate, el aeda, el rapsoda, el juglar, el cantor! ¡Pues escribilos pues! No estés cacareando el huevo antes de ponerlo.

También en el Perú había un peruano impostor que se robó el apellido de mi amigo antioqueño el escritor, el de la Puta, y que con poética lira cantó: «Me moriré en París con aguacero, un día del cual tengo ya el recuerdo». Con estos dos dizque endecasílabos comienza su más famoso poema. Si te vas a morir, hombre César, en París con aguacero, quedate mejor en Lima que allá no llueve. En el segundo de tus dos endecasílabos, «un día del cual tengo ya el recuerdo», te salió el verso más malo de la lengua castellana. ¿Para qué el «ya»? ¿Para ajustar el número de sílabas? Eso es un ripio. El peor que ha habido. Pero mucho más que un ripio. Un crimen poético.

¿Y «tener un recuerdo» no es pues «recordar»? ¡Y ese «cual»! No da ni para nombre de perro.

—¿Cómo se llama su perro?

—Cual.

—Pues ese.

—Ese tiene su nombre y se llama Cual.

Y sigue el peruano con su moridera en París en el tercer verso: «Me moriré en París y no me corro». ¡Qué querés decir, por Dios, con «no me corro»! «Correrse» en muchos lados de este idioma es «venirse», y este «venirse» en otros «eyacular». ¿No te diste cuenta en vida de que este idioma es muy quisquilloso?

Poetas no es que llueva en Lima… De todos modos les tengo terror a los aguaceros. Se me está inundando el Palacio de San Carlos. Tiene el techo agujereado y día y noche me llueven goteras. ¡Peruanitos a mí! Nos iban a robar el Trapecio Amazónico pero con nuestros pilotos alemanes los derrotamos y se quedaron en «iban». En este punto una cosa sí te digo, Vargas: Bogotá no es Lima.

El Internet y la computación están mal hechos. Como la vida. ¿Por qué? Porque sí. Porque esta y ellos se fueron haciendo de tanteo en tanteo y de a poquito, pasito a pasito, y al avanzar pasito a pasito fueron sumando progresos pero arrastrando rémoras. Por eso la multiplicación de funciones. ¡A ver! Para qué sirven las tetas de los hombres, pregunto. Y las enfermedades autoinmunes. Y el que los huesos se estén todo el tiempo haciendo y deshaciendo. Y los glóbulos rojos naciendo y muriendo. Y los miles de óvulos que produce la hembra humana, la dañina. Y los millones de espermatozoides que produce el macho humano, su víctima. ¡Qué desperdicio de tiempo y materiales! La Evolución hizo una obra muy chambona guiada por Dios. ¡Qué se tenía que meter este Viejo Loco en eso, en vez de seguir jugando billar con los mundos!

—Socorro: prográmame una conferencia de biología, teología y cosmología en la Pontificia Universidad Javeriana. Y ponte lista, que estás muy torpecita. Aprendé de Traudl Junge, la secretaria de Hitler. Despertá que nos van a caer bombas.

Algún día en mis *Mis memorias* (como las pienso humildemente titular), contaré en detalle los atropellos de la DIAN a los trabajadores decentes y honorables de Colombia como yo, los paganinis, sus cargapobres. Vivíamos bajo un régimen de terror. Para no tener que trabajar, los cobrasueldos de la DIAN lo computarizaron todo, y a los pobres viejos sin computadora ni Internet nos obligaron a enchufarnos y a computar. Y ahí me tienen, al cibernético, después de un interminable día de intentos, tratando de entrar a las dos de la madrugada a la página de la DIAN, que seguía más atestada que inodoro de campo de concentración nazi. ¿Y para qué? ¿Me iban a dar plata, o qué? Para pagar, para qué más. ¡Todo lo de la puta DIAN es pa pagar! Uno paga y ellos se embolsan. Imposible entrar a su maldito sitio de Internet. Más fácil entro, con el tremendo pasado lujurioso que arrastro y del que les di una probadita, al Reino de los Cielos. Ya me llegarán después por correo las multas por morosidad y a ver cómo y dónde las pago. Y con qué. Porque no ando sacando para mis gastos del Tesoro Público como mis fusilados. Me monté en la mula terca ad honórem.

Me arrepiento de haber fusilado a los prevaricadores de la DIAN en vez de haberlos achicharrado en parrilla ardiente como a san Lorenzo. Cuando en plena noche de Colombia me llamaron los generales, y mientras me incorporaba para atender el llamado de la patria enchufándome en las chanclas, me dije lo que aquí todos quieren pero todos callan: «Para que podamos vivir, ¡a matar criminales!»

Para justificar su existencia el Estado colombiano todo lo quería regular y gravar. Y en lo que iba regulando y gravando se iba cagando. Pero si agarraban al que lo atracaba a uno, lo soltaban. Como el atraco fue de menos de cinco millones… ¿Y si fue de más? Si fue de más, el hampón tiene con que comprar al juez y a su secretario. Y si uno u otro no recibe en metálico, entonces tendrá que pagar para que le devuelvan a su mujer, mínimo sin el meñique derecho o el izquierdo. Y cuando me ausenté una hora por irme a reclamar al banco que me estaba royendo de a poquito mi inmensa cuenta, me saquearon la casa y alzaron hasta con las tejas y el inodoro. No quedé como Adán porque traía ropita puesta. Que si no, habría quedado en la calle en pelota sentado en algún murito pensando en los huevos del gallo como el pensador de Rodin. ¿Y dónde estaba el Estado mientras se llevaban mi casa? ¿Protegiendo, vigilando, cuidándome a Casablanca, que así se llama? No. En la DIAN cumpliendo su deber atracando.

Pero como el destino da y quita cuando tira los dados, esta vez hizo su jugada y llamó a mi puerta a las dos de la madrugada: «Levántate, dormilón, que te llegó tu hora». Pensé que era la Muerte. ¡Qué va! Venían con el premio gordo los generales:

—Maestro, se ganó el premio gordo. Lo escogimos a usted por falta de otro —y me alumbraban con una linternita la cara—. Vístase para que enfrente las cámaras.

—Ah, pensé que me estaban dando un golpe de Estado.

—¿Golpe de Estado a usted? ¡Si usted es el Estado!

—Ah…

Vea pues cómo son las cosas, pensando uno en una cosa y resultó que era otra cosa. Y ahí me tienen recibiendo en mis parkinsonianas manos gastadas las riendas manoseadas del poder sin ni siquiera amanecer.

—¿Ya salió Venus?

—¿Y ella quién es, Excelencia?

Pensaban los generales que era mi otra media naranja.

—Nooo, generales, duermo solo, soldados no tengo. Guardia Personal todavía ustedes no me han asignado.

Moja tu péñola, Peñaranda, en tu tintero y respira hondo que te voy a dictar las agencias estatales que puse a buscar por cielo, mar y tierra a los hachepés que se alzaron con mi casa: la SIJIN, la DIJIN, la DIPOL, la DISEC, la DIRAN, la DICAR, la DIPRO, la DIASE, la UNIR, la FUCUR, la COPRAM, el GOES y el PONALSAR, los COPES y los EMCAR, la Fuerza Naval, los Embraer de las FAC, sin olvidar a la DNI, sustituta del DAS, sustituto del SICA, lo poco que hemos tenido aquí en el capítulo torturas. Comparados con los Estados Unidos y Arabia Saudita, en tortura estamos en pañales. Prácticamente ni nos sentamos todavía en la bacinilla. Pues en veinticuatro horas me los tenían montados en la bacinilla eléctrica con rotor de cuchillas de afeitar que les inventé ad hoc. «¡Aaaaaaayyyyyy!» gritaban en los sótanos de palacio los robacasas y los oían enfrente en el Teatro Colón, nuestro teatro de ópera. «¡Aaaaaaayyyyyy! ¡Aaaaaaayyyyyy!» gritaban. «¡Qué bien, qué bien, qué bien!» decía el maestro Olav Roth, mi profesor de dirección de orquesta en el Conservatorio Nacional de Bogotá. Un lituano. Muy querido. Ya murió. Aquí todos se mueren. «¡Los cantantes están subiendo, subiendo —repetía entusiasmado el maestro Roth oyendo a los torturados—. ¡Van a dar el do de pecho!»

De niño me llamaban «el Niño Jesús» y los salesianos me querían llevar para su seminario de La Ceja, un semillero de tonsurados que habían montado con campesinos friolentos en ese mortecino y enruanado pueblo de Antioquia donde el frío no mueve al cristiano a pecar. «No, no y no. No quiero», les decía a los esbirros de Juan Bosco, pero no entendían. Que sí. Que no. Que sí. Que no. «Ya les dije que no, no quiero ser papa». Se asustaron, desistieron y hasta ahí llegó el tira y afloje. El que quiera ser papa, que no lo

109

diga. Miren cómo le fue por soltar la lengua al cardenal de Honduras Maradiaga, muy bueno pa' tocar la trompeta… En el cónclave lo despaparon a un paso de papizarlo. «Aquí las únicas lenguas que hablan son las del Espíritu Santo. Y el que se mueve en la foto no sale». ¿Quién dijo? Dijo Dios.

Estadista tampoco quise ser. Pero miren, ya vieron, los generales vinieron, me vieron y vencieron: me despertaron con un revólver en la sien. Ya antes había convencido a los colombianos de que era gay. Permítanme que me ría, gabitos de pacotilla, aguardienteros, futboleros, hinchas de unas patas vinagradas pero eso sí, que le han dado a Colombia diez veces la Copa Mundo. Yo no soy el que digo, yo soy lo que hago. ¿No acaban de oír a los generales? Ya estaban soñando los lujuriosos con mi Venus… Yo soy políglota como el Paráclito.

A los que andan por aquí y por allá preguntando que por qué fusilo, decapito y quemo en público les contesto: «Para que a ninguno se le vuelva a torcer el corazón en privado». ¿Qué son unos cuantos centenares de miles en un país de entre 46 y 50 millones? A ver, digan. Briznas al viento.

En la plaza de Bolívar, de pie en la escalinata de la Cueva de Alí Babá o Capitolio Nacional donde nuestros senadores cenan sirviéndose con el cucharón, con la prensa en pleno viendo y oyendo, sin ocultamientos y a la plena luz del sol me los despacho: a estos padres de la patria y a cuanto criminal se me atraviese en el camino sin dejar por fuera magistrado de Corte Suprema o Suprema Corte. Y sin protagonismos a lo Vargas, ¿eh? Ni gesticulaciones y visajes a lo Sarkozy, que este payaso me repugna. Estafó a una vieja perdida en el Alzheimer y le vendió su alma al torturador Kadhafi por un *pourboire*. Al maricón Kadhafi… Que se maquillaba… Ay tan bonito el camellero del desierto con su tienda montada en las afueras de París. No. Como Kadhafi no, como Sarkozy no, como Vargas no: por fuera de cámara y con discreción de monja como he vivido, pero de viva voz. Y así, sacando de lo más hondo de mi garganta y pecho un tono de responso como cantando muerto, le voy explicando a Colombia de qué se trata: del espectáculo ejemplarizante que en este instante mismo se desarrolla frente a sus ojos y que medio país lo está viendo según la prensa, pero el país entero según yo. En primer término bien enfocado pero con el fondo en *flou,* o sea diseminado, los preparativos de la operación, a saber: soldados cargando fusiles; ubicación de los que van a morir te saludan; adecuación del tinglado… Los unos lo arman, los otros se preparan para enfrentar el Juicio de Dios pues ya salieron del mío. ¿Y en el fondo de la imagen qué se ve? En el fondo vemos unos obreros con mazos y barras levantando un puto polvaderón y armando un estrépito de puta madre, entregados como están en cuerpo y alma a demoler la estatua: «¡Tan! ¡Tan! ¡Tan! ¡Taaaaán!» le van diciendo al espantadizo héroe del que si no recuerdo mal ya les hablé. Tan endemoniado será el estrépito que no se me oye y entonces me callo. Mejor. Que hable Vargas. Ah, no, él hoy no puede, anda en España en su marquesado cultivando honores y cosechando premios. La que sí va a hablar en mi nombre es la patria. Presten oídos y ojos que se soltó la verraca: «¡Tan! ¡Tan! ¡Tan! ¡Táaaan!» van diciendo los mazos y a los mazos les contestan los fusiles con su hermoso «Ta-ta-ta-ta-ta-ta-tá». Una invención a dos voces a lo Ana Magdalena Bach. La mujer de Bach. La segunda. La que yo tocaba en el clavecín de niño y con la que él tuvo trece hijos pues la primera solo le dio siete pues murió pronto, para un gran total de veinte. ¿Veinte apenas? ¿Veinte hijitos? ¿Con dos mujeres? Pues mi mamá sola tuvo veintidós, les ganó a ambas juntas. Con la colaboración, claro, de mi papá. En hijos mi papá era un verraco, todo un Juan Sebastián Bach. Dejó la música por la política y la política por el descanso, pero que se le convirtió en barrerle a mi mamá la casa y ha-

111

cerle de comer porque ella no quería trabajar porque nació cansada, tras de lo cual murió. Y él también. Ambos murieron. Soy huerfanito. Si es que estoy vivo. A lo mejor también estoy muerto.

«Cantata a dos voces para mazos y fusiles» que le dedico al viento que en estos instantes barre el polvo de Colombia. «Tatatatá» y «Tantantantán». Va por un lado una voz y va por el otro la otra, pero sin separarse ni juntarse. Toda una lección de polifonía gratis para un país sordo, pero al que le encanta que le den. Antes de mí los compositores colombianos no se atrevían a modular. Cambiar de tono se les hacía como saltar por sobre un abismo en patines. Si empezaban la guabina en Do mayor, en Do mayor la seguían y acababan. Y en el matrimonio igual. Todo con una sola mujer y por el mismo hueco siguiéndole la corriente a la Evolución y al torcido instinto perverso de la libidinosa Eva. Noooooo, colombianos, ya no estamos pa evolucionar, ya llegamos al tope, somos desde el principio los reyes de la creación, la cumbre de la inteligencia. Además, después de Bruckner vino Schönberg y Federico Chopin no riñe con Francisco Canaro. Si les gusta el vino, colombianos, bien puedan tomarse también sus cervecitas que yo los dejo, para eso viven en país libre.

Colombianos: los defenderé del Estado y al Estado de ustedes. Nunca más tendrán que hacerse justicia por mano propia porque yo la haré por todos. Se acabaron los sicarios y ando montando cadalsos. Manejo a Colombia. La muevo p'acá, la muevo p'allá. Colombia es mía. No haber agarrado a Pablo Escobar, el santo de los sicarios que acabó de putiar este degenerado país, para haberlo picado con machete. Lo tumbaron simplemente como a un gato en un tejado caliente y lo mandaron impune al Más Allá. Conmigo la cosa es otra cosa y el que las hace las paga y al que tiene que pagar lo monto en el potro de la Inquisición donde mis dominicos le quiebren los huesos. No me fío de los castigos del infierno. A lo mejor ni existe, como tampoco Dios. Y sin Dios no hay Diablo. Y sin Diablo no hay infierno. ¿Y sin infierno los de las FARC qué? ¿Se van a burlar de mí, por lo pronto en el Más Acá, y después en el Más Allá? Ya ven lo grave que es la no existencia de Dios: indirectamente suprime la existencia del infierno. ¿Qué puedo hacer? Montar el infierno aquí mismo, en Caucasia, que es tierra caliente y arde. ¡Y no más Justicia Transicional, la del bellaco Santos! Dado que aquí no hay inocentes que exculpar sino culpables que castigar, Justicia en adelante se llamará Venganza. Los padres pagarán también por los delitos de los hijos y los hijos por los de los padres. Y queda anulada en Colombia para siempre la prescripción del delito. Esos son leguleyismos alcahuetes. Vamos en la delantera del mundo, que va en picada. Caeremos de últimos...

Juan Manuel Santos el bellaco se agenció el Premio Nobel de la Paz haciendo en Cuba a Noruega, la que lo da, su cómplice como «país garante» de lo que él llamaba «el proceso de paz», que en última instancia significaba dejar impunes a los criminales de las FARC. ¿Y si Noruega creía tanto en la paz, en esta paz, por qué no ha dejado libre a su Anders Breivik, el genocida de su isla de Utoya? Que yo sepa este no cargaba burros con bombas ni picaba vivos con motosierra. Después de lo que nos hizo Noruega, su Premio Nobel de la Paz quedó valiendo lo que nuestra Íngrid Betancourt, un culo en el rastrojo. Pues de una patada en el culo saqué al embajador de Noruega en Colombia. Y si un niño colombiano nace torcido y las monjas con la financiación de Cristo no lo educan, se le quiebra, que el tiempo del enderezamiento de árboles ya pasó.

Aquí todo quedaba cerca aunque estuviera lejos. Hoy todo queda lejos aunque esté cerca. Por culpa de la sobrepoblación y de Gaviria que abrió la importación de carros y nos llenó las calles y las carreteras sin haber abierto una sola ni tapado un hueco. Hoy Colombia es un inmenso embotellamiento gracias a esta alimaña de torcido instinto que ni de la reproducción se privó. Ya los carros no avanzan por las autopistas, que se han vuelto quietas, estáticas, como una foto.

Algo después del Concilio de Trento el papa Gregorio XIII pontificó que matar un embrión de 40 días no era homicidio. ¿Y un niño recién nacido? Se lo pregunto a ustedes que permiten que acuchillen a los terneros y a los cerdos en los mataderos para después comérselos. La esencia de una persona radica en sus recuerdos. Cada quien es sus recuerdos, persona sin recuerdos no es persona. Y según esto ni un niño recién nacido ni quien padece en estado avanzado el mal de Alzheimer son personas. Por lo tanto ni a los terneros ni a los cerdos los podemos matar poque son personas. Y más personas todavía que nosotros son las ratas pues sus recuerdos son todos dolorosos, los de sus pobres vidas llenas de dolores, angustias y pesares, muertas de hambre en la oscuridad de unas alcantarillas, dejadas de la mano de Dios. Por eso en Casablanca, mi casa, donde lo invito a un café, a la salida de los desagües tienen siempre servidos platones de arroz. Carne no les doy porque soy vegetariano. A matar fetos, embriones y recién nacidos humanos para que le pongamos punto final al desastre, a la plaga de las plagas. A los cuarenta días el hombre no es ni un gusano. Matarlo no es un homicidio, es un vermicidio. Un feto no aguanta un vermículo.

Y me le pones punto final al párrafo, Peñaranda, que aunque voy encarrerado me tengo que montar en mi helicóptero a ver desde arriba mi obra de arte, te invito. Subite, subite, montate, no te dé miedo que esto no se cae. ¡Mirá, mirá, mirá qué preciosidad, todos esos muertos vestidos de blanco en la plaza de Bolívar sin estatua! ¿Sí ves, Peña, que la hice tumbar? Fijate, fijate. E hice vestir los muertos de lino blanco para que llegaran fresquecitos al infierno, donde por lo que sé hace mucho calor porque está abajo del río Cauca a un lado de Caucasia. Diez mil muertos. De blanco. En una plaza plana, lisa, sin estatuas que rompan el flujo de la mirada, que así no se detiene en nada y pasa por sobre los muertos para que el espectador exclame: «Definitivamente hermoso. Esto sí se puede llamar instalación».

Pues claro que sí, una «instalación». Otra de mis instalaciones u obras de arte efímero, pero mil veces superior a las de la joven de 60 años Doris Salcedo, becada por la Fundación Guggenheim y que en una de sus «instalaciones» en el MoMA de Nueva York o en la Tate Modern de Londres, cavó en el piso del museo una zanja, una inmensa cuarteadura de la tierra o alcantarilla dizque angustiosa, ¡pero sin mierda! Como obra de arte, Peña, no puedes comparar ninguna de mis masacres con una pobre mierda sin mierda. ¡Ah con los colombianos! ¡Cómo son de estafadores mis paisanos! Denles entrada a Buckingham y estafan a la reina de Inglaterra.

Caucasia es menos caliente que Barrancabermeja. ¡Pobre mi abuelo, «Leonidas Rendón Gómez a su mandar», como se presentaba, vendiendo zapatos y telas en su almacén de sol a sol para poder mandarle platica a la abuela. A unos les fiaba y no le pagaban, y otros entraban, lo encañonaban y le robaban. ¿Que se consiguió una esposa sustituta en reemplazo temporal de mi abuela? ¡Y qué puedo hacer yo a cien años de distancia! ¿Le saco el pito a él del hueco en que lo metió, o qué? Lo irreversible es irreversible. El efímero presente no da marcha atrás, sigue p'adelante.

Vendrá luego una masacre de curas y pastores protestantes, no se pierdan el próximo capítulo. Y no le sumo a mi próxima instalación unos cuantos miles de popes porque aquí no hay. El artista trabaja con lo que tiene. Con lo que le ofrece la realidad puntual.

No pude dormir anoche pensando en la posteridad. ¿Qué va a decir de mí, cómo me va a tratar? ¿Como un presidente, dictador o tirano apenas? No, no y no. No me gusta el apenas. Como un gran artista plástico que orientó su presidencia a los happenings y las instalaciones. Si Nerón quemó a Roma, ¿por qué no iba él a poder quemar un pedacito de Colombia? Este país es muy grande, se extiende por un millón de kilómetros. Se le puede quemar mínimo el tamaño de Francia, quinientos mil. ¿Y los animales? Ahí está el detalle. Que el fuego no discrimina entre bestias humanas y bestias nobles. La moral me tiene las manos atadas, no puedo quemar ni un pedazo del rastrojo, voy a renunciar, esto no lo maneja nadie. Se aprovechan de ella, eso sí, de la tal Colombia, los Uribes, los Santos, los Pastranas, los Gavirias, los Pablos Escobares que ella produce, los vivos, los vivales. ¡Paridora de monstruos, no tienes derecho a existir, miserable! Te salvan de mí los animales.

¿Sí será cierto que existe el infierno? ¿Quien afirma su existencia le ha visto acaso los cuernos a Satanás? Un médium trató de comunicarme con él y no pudo. Uno de esos que mueven mesas con solo extender sobre ellas las manos haciéndolas sonar como un catre fornicante que chirría por el brusco vaivén de los que se le montaron encima. Lo más que logró mi médium fue un humito azufroso. Ya no quedan relojeros ni médiums que sirvan. Son oficios en vías de extinción. Para encontrar un médium de verdad, uno bueno, hay que volver al siglo XIX, ¿pero en qué? La máquina para volver al pasado no existe, el Tiempo no se toca la cola, ontológicamente algo se lo impide. Gira en los relojes pero yendo hacia adelante montado en una flecha.

—Excelencia, si gusta, lo comunico entonces con Hitler.

—No. Un tipo inmundo.

—¿Con Stalin?

—No. Otro.

—¿Con Mussolini?

—Otro.

—¿Con Franco?

—Otro.

—¿Con el rey de España?

—¿Con Juan Carlos, el asesino de elefantes? Ese ladrón que puso Franco todavía alienta. Si quisiera comunicarme con él, viajaría a España a darle su buen bofetón en la cara a ese cobarde. Vive rodeado de guardaespaldas. No anda solo como yo que me acuesto con diez negros cuchilleros a la vez y me hace cosquillas la Muerte.

Voy a vomitar, voy a vomitar. Vomité el Siglo de Oro, ¡qué descanso! Vomité el barroco musical, ¡qué descanso! Vomité los timbales de Beethoven, ¡qué descanso! Vomité a Picasso, a Dalí, a Andy Warhol, ¡qué descanso! Voy a vomitar a Victor Hugo y a Balzac, abran paso, abran paso. ¡Qué descanso!

Muy peligrosas estas náuseas mías que no sé de dónde salen. ¿Serán un aura? ¿Pero de qué? Epiléptico no soy, aún no me lo he diagnosticado. ¿Qué está pasando entonces? ¿O qué irá a pasar? ¿Va a estallar la guerra nuclear? Sería una solución colectiva, un happening planetario.

El panorama luce desolador, de dar grima. Un cielo tenebroso arriba, y abajo cayendo y subiendo volátiles cenizas. El viento las levanta y la gravedad las vuelve a asentar. Ni van para arriba ni van para abajo. Van al garete sin barco. No quedó nada, cenizas de nada en el alma de nadie. Ni un historiador para historiarlo. ¿Lo produjo la ambición de uno, o de dos? No. La paridera de muchos. Por eso siempre quise salvar a la humanidad esterilizándola de sus mujeres antes de que estas Evas desatadas en edad reproductiva se desencadenaran a seguir haciendo el mal. Ahí tienen el pastelito que hornearon. Nadie me oyó, nadie me oye. Hasta donde sé los sordos no oyen y las cenizas tampoco. Y ahí van las cenizas como va en la ópera de Verdi la *donna mobile qual piuma al vento.*

El otro día subió al bus un desechable de los de garrote y arengó así a los pasajeros: «No quiero robar ni matar. Tengo hambre, tengo hambre, tengo hambre». Y un gruñido espeluznante. Aterrados fuimos sacando los monederos, pero al primero que le dio una moneda se la tiró al suelo iracundo, como el cura del pueblo de Chalán. Y tras mirar con ojos de fuego al de la monedita fue inspeccionando uno por uno al bus entero. «Moneditas no —nos advirtió—. Billetes». Tuvimos que ir sacando cada quien la billetera, que es donde guardamos en Colombia los millones. Yo la mantengo en un bolsillo interior del saco con cierre, y en un extremo del cierre un candadito. Un día se me cayó la llavecita y entré en pánico. «Me van a desplumar», me dije, y me lo advertían como foquitos rojos palpitantes mis neuronas con el subsiguiente aumento del ritmo cardíaco. Me hice el loco y recogí la llavecita del piso con disimulo. No alcanzaron a robarme. Bendito sea Dios, me salvé. A un conocido mío de vieja data, y que como Cervantes ya puso un pie en el estribo, le desprendieron el candadito con una cuchilla de afeitar, ¡y adiós billetera y candadito! Le quedó el saco rajado, muy a la moda. Los viejos de hoy salimos de tenis y pantalones rotos en las rodillas. ¡Como no hay más! No encontramos zapatos decentes ni ropa decorosa que nos vista. La mía anda toda raída. Ando a la moda. La necesidad moderniza.

¿Pero cómo se entiende que un desechable de bus tenga hambre, si él también es un rey de la creación? Yo tenía la idea de que los reyes comían… Ya ven, lo que siempre he dicho, hay que revisar cada tanto la sabiduría heredada. ¿No dijo pues Aristóteles que una piedra de dos kilos caía antes que una de uno? ¡Burro! Caen igual. ¿Y no siguen hablando hoy mismo en las universidades del mundo de la Ley de la Gravedad de Newton? Muéstrenme, Velezsabios del orbe, dónde la enunció este pelucón, en qué escrito. No hay ninguna ley de la gravedad, ni de Newton, ni del mundo físico. No hay más leyes que las de los gobernantes que las emiten. En Colombia el Congreso, nuestra Cueva de Alí Babá. Al final andaban estos maleantes con el cuento de que había que dar marcha atrás y derogar leyes, por dañinas y estorbosas, por inútiles e injustas, y porque había muchas. ¡Las mismas que ellos habían promulgado a un costo inmenso para los que pagamos impuestos, los atracados por la DIAN! ¡Ay, tan justos estos padres de la patria! ¿Y quiénes entonces las promulgaron? ¿Sus madres? No se pueden revertir, malparidos, los monstruos engendrados y paridos. Hijo nacido de vientre humano no regresa atrás. Nadie hasta ahora ha podido volverle a meter un hijo adentro a la madre. No hay forma. Si la hubiera, ¡a cuántas no les habría yo revertido el crimen rumbo a la semilla hasta convertirles sus engendros en polvo de la nada!

Al presidente de Filipinas lo he invitado a que vea con sus propios ojos, en el epicentro del cambio, cómo se procede aquí. Su Excelencia Duterte necesita un cursillo de postgrado en decisiones ejecutorias. ¿Sí ve, Excelencia, cómo hacemos de bien aquí las cosas? Nuestra guerra es contra todos, no solo contra los toxicómanos, ya que la toxicomanía es buena habida cuenta de que mata, y aquí lo que sobra es gente. Observe cómo van cayendo médicos, curas, políticos, paracos, faracos, dueños de hospitales… Todo tipo de desechables. Si andan con perros, los dejo vivir. Si no, mueren. Como quien dice, el perro se ha vuelto en Colombia la salvación de los hombres. Aprovecho la ocasión de su visita para felicitarlo, Excelencia, por haberle dicho con tan apropiadas palabras «hijo de puta» a Obama, un seminegro que en calidad de tal no les servía a los blancos ni a los negros sino a sí mismo y a su mujer, esa sí un negro. Habló y habló y habló, hasta por el culo, y nada hizo. Presidente de los Estados Unidos es un hijueputa, desde Washington hasta el boca de pescado de hoy. Ni más ni menos que como los papas. A partir de Pedro piedra, al que le cantó el gallo, hasta el actual Bergoglio.

Se fue feliz Duterte de Colombia, aprendió mucho. Me invitó a Filipinas. «Quiero corresponder allá —me dijo— a sus infinitas atenciones». Y que me tenía planeado un banquete vegetariano con lo más picante que hubiera probado en mi vida, comida oriental de la brava. «¡Qué más quisiera, Excelencia, que ir a verlo en funciones para aprender de usted, pero no puedo. Si me ausento, me dan un golpe militar los que me subieron».

Duterte es un hombre curtido en la guerra cotidiana como yo. Antes de tomar el mando, lo precedía ya su buen rastro de sangre. A mí un goteo: un gringuito que despeñé por un acantilado de las afueras de Granada, y una *concierge* de París, mala, pero lo que se dice mala, que cianuré. Me salieron perfecto ambos muertos. Va para un siglo de eso y todavía me saboreo. ¡Qué bien me ha ido a mí en la vida! ¡Eh ave María, Dios sí ha sido muy bueno conmigo!

Y ahí vienen los cafres del volante manejando a toda verraca sin importarles lo que se les atraviese y atropellen: hombres, mujeres, niños, viejos, perros, gatos. Rico o pobre, culto o inculto, sabio o ignorante, bonito o feo, el que toma el volante en Colombia, de camión, bus, carro, moto, lo que sea, se convierte en un cafre. Ve a un transeúnte cruzando la calle, digamos a unos veinte o treinta pasos, y en vez de desacelerar, acelera. Ahí les queda retratada el alma del colombiano. ¿Creen que se puede sacar algo de ahí? ¿Algo que no sea pantano, cieno, lodo? ¡Y qué importa, así me gusta a mí! En la dificultad de lo perseguido radica el placer de lo conseguido. Como el Creador, voy a hacer del lodo un hombre.

Pornoturistas que venís con vuestras flamantes cámaras a Colombia a retratarnos, aquí vais a ser muy felices, como nosotros. Agarrad bien las fijainstantes que en cuatro palabras os describo el país y su sabiduría profunda: «Lo ajeno es mío».

Me dijo Dios anoche en sueños que le tenía que ajustar cuentas también en mis Memorias a mi sobrina nieta Raquel, que a los trece años parió una hija que le hizo un limpiadorcito de parabrisas de carro en la oscuridad de una escalera por vía express, y que a los catorce, empepada y basuqueada de aquí hasta Marte, en una negra noche de horror quemó a «Vietnam», el edificio que nos había dejado mi papá de herencia y que voló en pavesas al cielo, donde él está, sumiéndonos en la desesperación y la miseria a veinte huérfanos. Pero me ha llenado siempre de orgullo esta hijueputica por su perfección ontológica: encarnó en sí la maldad pura. Y a mí la pureza, sea buena o sea mala, para el bien o para el mal, me deslumbra. A ver si la U de A con todos sus Velezsabios reunidos en cónclave me ayudan a resolver el problema de las paridoras precoces. No las puedo matar, ¿pero cómo las dejo vivas? ¿Les coso sus vaginitas criminales?

Mientras tanto, con este arrume de hojas secas de estas Memorias con que cargo persigo para aplastarlo a este maldito mosco, negro como su alma, que con su zumba y zumba me está amargando el vodka de las siete y media de la mañana. ¿Por qué habrá hecho Dios tanta alimaña? Sus designios serán oscuros, pero su maldad clarísima. Dios es Malo. Y no tuvo Hijo. Los judíos no mataron a ningún Cristo. Cristo no existió. Veinte engendros de la leyenda sí, con ese nombre. Se elimina por decreto el Concordato con la Santa Sede, la sede del Mal, una corporación de purpurados maricas estafadora y mendicante. Punto y sigo decretando. Amplío la Ley Emiliani a los 365 días del año para que el país descanse. Hitler trabajaba para Alemania, yo para Colombia. ¡Claro que la quiero! ¡Cómo no la voy a querer con todo el bien que me ha hecho!

Por la denegación de justicia por parte del Estado aquí subsisten los sicarios, así hubieran sido inventados por Pablo Escobar y el narcotráfico. Luego vino el más bellaco y dañino entre los más bellacos y dañinos de Colombia, mi fusilado Santos, con su proceso de impunidad que llamó «de paz». El daño que nos hizo dejando sin castigo a los farcos se arrastrará por generaciones. «Generación» viene de «generar», como «engendrar». Malditos verbos. Y malditos el nauseabundo «aspirar» y el sustantivo «candidato». Desaparecen por decreto del diccionario, y en mis fusiladeros los que designaron.

—Proceda, Excelencia, que el que manda manda. Además en cuestiones de lenguaje usted tiene más autoridad sobre esta lengua multifacética que la que rae con minúscula, la RAE entera con mayúscula y sus veintidós filiales. Ese millar de pelucas empolvadas todas juntas a usted no le dan a los tobillos. El idioma es suyo. Voltéelo al derecho y al revés como pantalón en proceso de planchado. Haga con él lo que le dicten las gabas.

Después de que fusilé a los Vélez, padre e hijo, los Velezsabios que produce la tierra me cogieron terror. El poder bien ejercido hace razonar al más bruto. Y sigo decretando. El pintagordas Botero se queda sin su Cruz de Boyacá porque suprimo por decreto esta condecoración estúpida. Llamar batalla una refriega en un terregal de Boyacá entre mil pelagatos hambreados con palos y piedras… ¡Batalla el Armagedón que se va a armar cuando dé con la combinación de palabras que dispare el botón nuclear!

¿Qué habrá sido de Ana Vélez? ¿De esa criaturita que la Evolución parió, una mujer con opiniones? No sé si fumaba marihuana o qué, pero la cuerda loca de su parlanchina lengua emborrachaba al oyente. El silencio adorna a la mujer, la parla la desluce. Bajo mi mandato la mujer aquí descansa y enrolla la lengua, no vuelve a hablar.

Odio los pintores, figurativos o abstractos; y los músicos, cultos o populares; y los novelistas, omniscientes o del engreído yo. Paredes encaladas de blanco, limpias de cuadros, sosegarán mi cansada vista en Casablanca y sin más música que el canto de las cigarras, si acaso. Me preparo para la paz eterna de la nada y descansar de los timbales de Beethoven y los vallenatos colombianos. Como en el espacio profundo no hay aire ni suena nada ni pueden volar las moscas sartreanas que me importunan y amargan hasta el mísero vodka de las siete y media de la mañana con que echo a andar el día...

El timonel del barco ha de tener el cerebro despejado para otear en el horizonte los icebergs que le puedan hundir su Titanic. Dios mandará en el cielo pero yo mando en Colombia. Que respete mi parcela de poder y no saque más a orinar su perro en mi antejardín, que si Él tiene la eternidad, yo tengo el tiempo. Un solo justo salva un país. ¡Qué digo un país, la humanidad entera! ¡No lo hay! ¡Y pretendiendo el Loco de Arriba que le dieran diez para perdonarle a la Pentápolis sus pecados y la violación de sus ángeles! ¿Sí saben qué les hicieron los habitantes de Sodoma y Gomorra y aldeas aledañas a los dos que les mandó con el mensaje de que se arrepintieran de sus pecados? ¿No han leído el Génesis? Los desplumaron y se los violaron. Se los comieron bíblicamente hablando. ¡No haber estado yo allí en ese happening! Me habría contentado con quitarle de a plumita a cada ángel.

Hermosura sin sexualidad, hagan de cuenta un huevo sin sal. Que todavía no me la quita el médico porque no los consulto porque me abruman de enfermedades y análisis para poder cobrar. Y desplumado en su consultorio el paciente, se lo remiten a alguno de sus compinches especialistas, especializados en estafas puntuales. Yo estafo en huesos, usted en cerebros. Se chutan estos degenerados a los pacientes: «Ahí te va este güevón para que le saqués lo que podás y me mandés a cambio uno tuyo». Y los laboratorios clínicos le depositan religiosamente al médico, mes tras mes, un porcentajito por cada paciente que les mande. «¿Qué médico lo remite?» me pregunta indefectiblemente la empleada al tomar la orden. «¿Y para qué quiere saber, señorita? Me remito yo que soy el enfermo. Váyame descontando entonces lo que me tiene que depositar como médico» le contesto. Hay que clausurar los laboratorios clínicos: roban, inventan, mienten, nadie los controla aquí, con la mafia blanca no puede el Putas. Total, para qué quieren los médicos exámenes de materia fecal, si recetan antibióticos al cálculo. Los resultados se ven muy claros en el papel escritos a máquina. Bajo el microscopio la cosa cambia mucho, el paisaje se ve muy confuso.

Por lo demás si algo me funciona bien a mí es el corazón, y en prueba que no se me hinchan las «extremidades inferiores», como llaman estos hampones a las patas. El hombre, secuaces de Galeno, no tiene «extremidades inferiores»: como cuantos llaman los cristianos «animales inferiores», tiene «patas». No hay ninguna superioridad de unos animales sobre otros en cuestiones de patas ni de excreción. Parado en el borde de la azotea de un edificio de veinte pisos en una sola de las dos que tengo cuento hasta diez y me digo: «No me caí, ¡qué suerte!» Y aquí me tienen, de mañanita, firmando órdenes de ejecución con un whisky. Hoy les toca al fiscal y al procurador que tanto han fiscalizado y procurado con devoción de buenos servidores públicos para su mujer, sus hijos y sus putas. Y de noche sentado en la cama antes de dormir me persigno con la pata izquierda y le doy las gracias al Espíritu Santo por los favores recibidos. No sé cuántos años más piensa la Paloma que deba vivir, si veinte o treinta.

124

La patria, la nación, el país, el territorio, la soberanía, el escudo y la bandera me salen sobrando, me basto a mí mismo, soy feliz. No hay salvación eterna, colombianos, no esperen lo que no existe allá arriba, conténtense con lo que tienen aquí abajo: una olla de algo más vaca que carnero, salpicón las más noches, mujer con cinco o diez hijos, partido semanal por televisión y con suerte a diario, y una vez por la cuaresma mundial de fútbol. De los hijos no esperen nada que cuando los necesiten por no haberse muerto a tiempo y haber cometido el pecado infame de envejecer y persistir, los van a meter a un asilo de ancianos. Pagan un tiempito las cuotas y luego, cansados de pagar, desisten. Entonces los viejeros, que van por el vil metal, al no verlo los van a tirar a todos ustedes de una patada en el culo a la calle.

Cuando mis ocupaciones me den un respiro y cargue mis drones con mis frijoles nucleares y los mande contra el Muro de las Lamentaciones, el Vaticano y la Kaaba, verán entonces cómo acabé con lo que parecía imposible, la triple plaga: el judaísmo, el cristianismo y el mahometismo, las más grandes empresas criminales que haya parido en su desventurada Historia este mísero planeta. Que solo los esbirros de Alá pueden entrar a La Meca. ¿Y quién quiere entrar a semejante cagadero donde mueren atropellados cada año en sus estampidas miles de estos búfalos asustadizos y rezanderos que se prosternan en el polvoso suelo mecano cantando «Allahu Al-Kabir», que quiere decir «Alá es grande», con el culo al aire a que les salgan por sus ruidosos mofles los gases de sus podridas tripas en el calor asfixiante de la hirviente Península Arábiga, antesala del infierno? ¿Qué tan grande es Alá? ¿Más que la punta de un alfiler? ¿De un alfilercito cianurado en concentraciones tales que se diría una estrella de protones?

Y que no quede vivo ni un solo opinador ni politólogo, caterva de coprólogos o microbiólogos contadores de bacterias y

125

tratadistas de la mierda. Y no porque vaya a tomar el bien de pretexto para adelantar mi gobierno pues también el mal a mí me sirve: se toca con su opuesto como las puntas de un aro. El calificativo de «corrupto», del que se acusaban unos a otros antes de mi llegada como si tuvieran limpia el alma, lo desaparecí junto con todos ellos. No más jueguitos de ping pong. Ni más servidores públicos dándoselas de abnegados ciudadanos. El que cobra por servir no es servidor, es cobrador.

Vuelvo al paraclitense Uribe, el devoto del Espíritu Santo, que me queda todavía una gota en el tintero. Lo perseguía su pasado. Quería andar y se enredaba en él. Pretendía entonces alzar el vuelo y le recordaban sus aeropuertos al servicio de nuestro gran Pablo Escobar y nuestros hermanos Ochoa. Inaugurador para su insaciable yo de la presidencia bis, lo libré de la desgracia de las desgracias, el ontológico mal de persistir. Voló por última vez en sus aviones, en una avioneta jet con suficiente autonomía de vuelo para llegar al cielo a reunirse con la Tercera Persona de la Triple en Uno, la que lo salva a uno de las FARC y elige papa nada menos, la paloma. Muy alzado el hombrecito. Con todo y lo devoto, de tenerle temor como a Dios. Se empinaba templando el culito y amenazaba así, con su vocesita rezandera: «¡Te voy a dar en la jeta, marica!» ¡Ay, qué miedo! Me voy a poner la armadura, mi chaleco antibalas, a ver si me protege. Lo bajaron de una mula y lo montaron en el solio de Bolívar, en el que ya se habían cagado unos doscientos, para que se acabara de cagar en él.

¡Qué bueno es matar cuando uno puede! Cosa que se les impide usualmente a los gobernantes, por tres razones. Primero porque hay que tener la razón, y todos son unos irracionales. Segundo, autoridad moral, y todos son inmorales. Y tercero, un arma, pero bien buena. Presidente desarmado vale lo que un pene caído de novio en luna de miel. Yo ando con mi metralleta, y en la punta del paraguas, veneno.

Los remordimientos se me fueron rumbo al cielo en la última maleta que me robaron los de Avianca. Los voy a inmovilizar en tierra. Ido Uribe, en los aeropuertos de este mundo mando yo.

Pepalfa, Fatelares, Vicuña, Tejicondor, Coltejer… ¿Sí saben de qué estoy hablando, les suenan? De la industria textilera antioqueña RIP, requiéscat in pace, que el mariquetas Gaviria, mi fusilado, quebró: se abrió de patas a la rapacidad globalizadora y se la embutieron toda. ¡Cómo no iba a fusilar yo a ese marica! No lo iba a dejar escapar de mis manos como se les fue antes de mí el Uribe imitador, el Uribito, que esta es la hora en que no logro localizarlo en la USA para tumbármelo con un dron. Donde no lo mande yo agarrar calladamente en un cónclave supersecreto para que no me lo alertaran los lambones, se me habría ido el maldito Gaviria con todo y su Simoncito.

Para que lo último que viera la alimaña Gaviria fueran las bellezas de las que se estaba perdiendo al dejar este mundo, lo hice matar por cinco hermosuras en pelota del más arrecho pelotón. Yo mismo los escogí. Yo mismo los examiné. Yo mismo los medí. Yo mismo los califiqué. Cinco admirado para cada uno, que era lo máximo que ponían en mis tiempos en la escuela. Nunca bajé de ahí. Que lo digan mis biógrafos. Ni en dibujo, ni en escritura, ni en geografía, ni en historia. ¡Ni en religión! ¡Cómo no me iban a querer llevar los salesianos al seminario de La Ceja! «¿Somos cristianos?», preguntaba el catecismo del padre Astete, y contestaba el inocente, el niño, yo: «Por la gracia de Dios». Y después, refiriéndose al misterio de la Santísima Trinidad, el del Tres en Uno, preguntaba el cuadernillo: «¿Y cómo se explica tal misterio?» Y el bobito memorioso contestaba: «Doctores tiene la Santa Madre Iglesia que saben responderlo». Pregunta: ¿Cuántas son las obras de misericordia? Respuesta: Catorce, siete espirituales y siete corporales. Pregunta: Decid la sexta de las corporales. Respuesta: Dar posada al peregrino. Pregunta: ¿Y la séptima? Respuesta: Metérsela al peregrino, si nos gusta y él se deja. Pregunta: ¿Qué cosa es fe? Respuesta: Fe es creer lo que no vemos porque Dios lo ha revelado. Comentario mío, del pobre niño: «Según eso, padre, el que más fe tiene es el ciego». Pregunta: ¿Qué cosa es santiguarse? Respuesta: Hacerse una cruz con los dedos de la mano derecha desde la frente hasta los pechos y desde el hombro izquierdo hasta el derecho invocando a la Santísima Trinidad. «Entonces no me voy a poder santiguar, padre, porque no tengo pechos porque no soy mujer, tengo pipí abajo del ombligo». Pregunta: ¿Cuál es la quinta obra de misericordia? Respuesta: Vestir al desnudo. ¡Y yo que me he pasado la vida desnudando vestidos! Pregunta: ¿Y la séptima? Respuesta: Enterrar a los muertos. Así que voy a ir al Vaticano al pudridero de los papas a desenterrar a Wojtyla para cagarme en sus restos. Pregunta: ¿Qué es lujuria? Respuesta: Un apetito desordenado de sucios y carnales deleites. ¡Qué delicia! Me importa un culo que estén sucios. Pregunta: De los enemigos del hombre, ¿por qué la carne es el peor? Respuesta: Porque no la podemos echar de nosotros, en cambio al mundo y al demonio sí. No coman entonces carne, hijueputas. Pregunta: ¿Para qué nos dio Dios los sentidos y todos los demás miembros? Respuesta: Para encauzar hacia Él, con todos los sentidos, la punta del miembro. Pregunta: Contra soberbia, humildad; contra avaricia, largueza; ¿y contra lujuria qué? Respuesta: Hacerse la paja pensando en el Niño Jesús. Pregunta: ¿Los sentidos corporales cuántos son? Respuesta: Seis: ver con los ojos, oír con los oídos, gustar con la boca, oler con las narices y tocar con las manos. Pregunta: ¿Por qué decís que seis, dónde está el sexto? Respuesta: Sexto, pichar con el pene o chimbo, que así se llama cuando se pone duro y mira hacia el cielo. ¡Bienaventurados los que pi-

chan porque se sacan mucha mierda de la cabeza! Et introibo
ad altare Dei, ad Deum qui laetificat juventutem meam. Virgo Prudentissima, Virgo Veneranda, Virgo Praedicanda, Virgo Potens... Virgo Potens, la mujer de Pío Doce, ora pro no-
bis. Se la echaba en un ático debajo de un campanario. Salía
a bendecir muy despejado. Era huesudo, demoniaco, malo.
A mi mamá le mandó un diploma cuando ajustó veinte hijos. Los vendían en la Via della Conciliazione a veinte dólares, uno por hijo. Se ganó cuatrocientos dólares con nosotros.
Firmaba con un sello para no gastar calorías garrapateando
su paporro nombre. Pichaba a oscuras. Unos decían que para
ahorrar luz eléctrica. Otros que porque creía que Dios no veía
en la oscuridad.

—¡Eh ave María, Excelencia, qué hijueputa memoria la suya! Después de tanto tiempo y todavía acordarse...
¿Cuántos años tenía cuando lo que cuenta del catecismo?

—Cinco. Cinco cumplidos.

Y no solo me sabía el catecismo del padre Astete al derecho, contestando, sino también al revés, preguntando. El padre Slovez me decía las respuestas, y yo le tenía que decir las
preguntas. Mi bloqueo con las mujeres empezó ahí. Mane-
jé buena parte de mi vida en reversa. Después cambié y seguí
metiendo el carro de frente al garaje. Siempre cambio. Soy
más voluble que los tiempos que corren.

A los que pirateaban mis libros los convertí en volátiles
pavesas. Ajusticié también, pero en el fusiladero, a la familia
de Pablo Escobar el hampón, viuda e hijo, porque para explotar su memoria se habían vuelto escritores de culto, unos
clásicos. En vida de él, vivieron de sus delitos. Y muerto, de
los libros que escribían para contarlos y decirnos que era un
monstruo. Y junto con los Escobares fusilé a El Pilarico, un
torero que quedó en silla de ruedas por una cornada pero
que, para seguir viviendo de los toros, se volvió protector de

los animales y político. Con el cuento de su amor por los de cuatro patas se había hecho elegir y reelegir el malparido entre diez y veinte veces al Concejo de Medellín como concejal de los antitaurinos, con el magnífico sueldo de que gozan ahí esa caterva de hampones aparte de los porcentajes y las propinas forzosas, viviendo a cuerpo de rey pero pagados, claro, por los paganinis, los contribuyentes cautivos, los hoy atracados y mañana también, a los que nos suben mes con mes los prediales por vivir bajo techo, en tanto nos llueven cada que tapan un bache de calle las «valorizaciones». Pero cuál valorización, ¿no ven que son devaluaciones? ¿No ven que la moneda se devaluó porque después de haberlo saqueado todo nos endeudaron hasta el cogote estos hijueputas para poder seguir robando? Miren los aguaceros que me caen durante meses, años, temporales, huracanes, y me acaban hasta con el nido de la perra. ¡Qué se va a valorizar un techo todo agujereado por las goteras! Las lluvias me despedazaron mi Casablanca, ¿no ven que no cesan? ¿A dónde me voy a meter entonces a morir cuando me saquen de aquí los militares? Vivo con la espada de Damocles encima de la cabeza. El día menos pensado se alza contra mí un carepiña teniente de barrio con la cara repleta de cráteres y manchas, más bombardeada que la Luna, y me da el cuartelazo. Poco a poco he ido destenientizando tenientes, pero hay muchos, y me quedan los sargentos y los cabos. Me amargan el sueño estos comemierdas.

El tetrapléjico torero le fue a hacer pues compañía en el Más Allá a Ignacio Sánchez Mejía, a Rafael Alberti, a Miguel Hernández y demás hijueputas de esa pandilla de la fiesta brava presidida por la mariquita taurófila y folclórica de García Lorca, el octosilábico asonantado. «¡Ay, que no quiero ver la sangre de Ignacio sobre la arena!» Si no la querés ver, no la mirés, cerrá los ojos. Además la que está no es la sangre de tu

Ignacio sobre la arena sino la arena debajo de su sangre. En el Estado de Derecho del Nuevo Mundo que instauré la arena tiene prioridad sobre lo que le caiga encima porque ella estaba ahí primero. Como ven, nuestros tres vates u orates —el chileno, el peruano y el español— son poetas del «quiero». El uno quiere escribir los versos más tristes esta noche. El otro se quiere morir en París con aguacero. Y el español le puso un «no» antes del «quiero» por marica. ¡Ay, ay, ay, que él no quiere ver la sangre de su Ignacio sobre la arena! ¿La del Ignacio tuyo? ¿Como el *Antinous suus* de Adriano? Te lo despachó al Más Allá Granadino, un torito pequeño, manso, astifino. Y añitos después, el torito Islero a Manolete. ¡Se lo echó! Con todo y lo flaco que era el malparido, lo agarró, lo corneó, lo desangró. En nombre de los toros de la tierra le voy a erigir a Islero un soberbio monumento sobre las ruinas del capitolio. La posteridad lo verá levantando por el aire de una cornada a su hijueputa asesino. La tauromaquia, el octosílabo, los asonantes, Isabel la Católica la puerca, porque nunca se bañó y por católica, y el zángano negociante en petróleo saudita Juan Carlos Borbón, asesino de elefantes... Ahí tienen elementos para esbozar el retrato de ese engendro de la humanidad que responde al nombre de España. «¿Dónde estás, España, puta, que no te veo?» «¿Una sola puta yo? ¡Qué va! Soy muchas. A mí me llaman "las Españas"».

—¿Y dónde deja, Excelencia, la RAE, la que «limpia, fija y da esplendor»?

—Ah, eso sí ya es otra cosa. Voy a probar ese nuevo producto en mi Steinway de cola a ver si me lo deja bien esplendoroso.

Pues bien, colombianos, si las Españas tienen a su Isabel la puerca, nosotros tenemos a nuestro hombre culo, Antanas Mockus, al que también le voy a levantar su estatua. Va así: montado en un pedestal bajándose los pantalones pero sin inodoro entre las blancuzcas piernas, como en el aire, medio etéreo, pero con las más claras y coprológicas intenciones en su mirada de loco imbécil de cagarse en lo que queda de Colombia. La voy a instalar en el Relleno Sanitario de Doña Juana, el gran vertedero de basura de Bogotá para que desocupe allí el antifonario.

Qué frío el que hace cuando uno pasa de noche frente a esta quebrada Ayurá, arroyo de traicioneras aguas en que las mujeres que en ellas se bañan quedan preñadas por lo que baja del seminario de arriba. ¿Sí sabían que los espermatozoides nadan? ¡Claro, porque vienen de los peces! Eche usted en un charco los setecientos mil renacuajos cabezones y de cola propulsora de una mísera eyaculación a ver cómo sale la que en él se metió a bañar. Sale mojada a esperar nueve meses, tras de los cuales le desemboca de sus oscuridades interiores un paquete lodoso, pringoso, de maldad informe, pegado de un tirabuzón. ¿Un angelito? ¡Qué va! Un diablito hijo de seminarista o de cura. Es que en el charco de arriba, que a través del traicionero arroyo desagua en el charco de abajo, en los días de calor, que aquí sube como en el Sahara, los futuros esbirros de Cristo se dan sus buenos chapuzones en pelota pensando en las tetas de no sé quién. ¡Masturbadores! ¿No leyeron la *Humanae vitae* de Pablo Sexto? ¿No ven que están despilfarrando la sagrada leche generatriz? Gracias a Dios, que es Sabio, se van agua abajo de fiesta los espermatozoides al próximo charco a preñar bañistas.

¡No más! Así no podemos seguir. ¡Se acabó la preñadera! ¡Aquí hasta las quebradas preñan! Convertiré al país de los sicarios y los desechables en el epicentro mundial del aborto. Para lo sucesivo considero apología del delito el endiosamiento de las madres. El espacio no se estira, paridoras de Colombia. Se me controlan ya o la que va pariendo va desocupando este valle de lágrimas. ¿No ven a qué alturas de vértigo, por culpa de ustedes, han llegado los edificios? Suben y suben y suben sin parar. Ustedes paren y ellos no paran. ¿Y si pinchan una nube con el pararrayos de la azotea, a quién mata el rayo? ¡A mí! A mí que paso por la calle. ¿O si se suelta un terremoto? ¿En qué queda esto con los vidrios de todos estos edificios colapsados sobre las calles? ¡En un astillero! Yo he vivido dos y no quiero tres. Me escapé del de Managua porque pasé por ahí manejando una camioneta Rambler blanca rumbo al sur acabadito de ocurrir. Se dio un 23 de diciembre, víspera del nacimiento de Jesús y en plenas fiestas para celebrar tan magna fecha. Pues en el subsuelo de ese poblacho, capital de la finca de los Somoza que se veía tan firme, tuvo su epicentro. Bajó Dios del cielo y sacó a Nicaragua a bailar. Quedó en pie la catedral, el resto en ruinas. Primera vez que este Viejo se hace ver defendiendo sus intereses. Pero no mató a Tachito Somoza, el tirano, lo dejó ir, andaba en las afueras en una parranda con putas. Nomás le tumbó el palacio, contiguo a la catedral. ¡Claro, en lo que hace este Viejo siempre se caga! Imposible esperar de Él algo bueno. En Medellín las últimas monjas de clausura, ya viejas y sin poder coser ni hacer escobas de trapear, monseñor obispo las tiró a la calle. Que era la voluntad de Dios, le dijo al juez cuando una de ellas, de 95 años, le puso una denuncia laboral. ¿Y actuó El de Arriba? Sí. Compró al secretario del juez.

¿Sí sabían que Pablo Sexto era marica? «¿También él? ¿Como Sócrates y Miguel Ángel?» «Pero claro, y como Humboldt, todos ellos». «Eh, ave María, este mundo sí es pura Sodoma, huele a azufre». «Noooo, así está bien. Sobra gente, lo que falta es maricas». Y al tal Pablo, de gustos refinados y torcidos, lo acaba de canonizar nuestro Bergoglio como patrono de los del otro equipo. De los que asan por lado y lado la tortilla y se la comen calientica. Cuando alias Pablo Sexto era arzobispo de Milán y yo pasé por allí en busca de placeres (de los

133

que entonces llamaban «non sanctos» y que hoy no le hacen ni cosquillas en los pies a un bebé), frente al mismísimo Duomo me quitó una belleza que pasaba. Un milanesito impúber, hermoso, del sexo de Marte, el dios de la guerra. ¡Claro, como el enjoyado se lo jaló desde una limusina! Los muchachos de entonces, por falta de carros, eran muy gasolineros, todos querían manejar. Agarrar el volante y hundir el acelerador hasta el fondo con la pata se les hacía manjar del Elíseo. ¡Viejo cabrón! Y ahora te canonizan. A ver, Bergoglio, qué vas a hacer conmigo. ¿Qué me toca a mí en el reparto de los bienes de ultratumba? Buscame puesto al lado de El Bien Supremo que yo he hecho mucha caridad en vida. Pero en silencio, nunca cacarcada.

Hablo de la Ayurá por el frío. Anoche sentí un viento helado y me acordé con lágrimas de esa quebrada tintineante de mi niñez. Todo lo que me recuerde a Santa Anita, la finca de mi infancia situada a tres kilómetros de la preñadora, me pone a chorrear los lagrimales. Me aferro al que fui para seguir siendo el que soy. Voy a tratar de recuperar ese instante lejano, perdido en el maremágnum de mi pasado, cuando por primera vez sentí frío. Como soy del trópico… Medellín está en el trópico, ¿sí sabían? En el de Cáncer, o en el de Capricornio, o en el de Misiá Pelotas, no me acuerdo, busquen en Google Maps. Difícilmente se tiene que cobijar allá uno de noche. Si su mujer ya sirvió para lo que sirven y no está en funciones, tírela al suelo porque calientan mucho, se vuelven unos calefones. Mujer en cama después de la prestación de servicios, ¡a tierra! Entiendo por calefón un calentador de aceite, de gas, o eléctrico. Algo así. No soy vendedor de electrodomésticos.

El escenario va como sigue, viniendo de Envigado a Medellín. Pongan el GPS y oriéntense, marquen 1850, año del Señor. Vayan por la derecha de la carreterita estrecha y sin señales porque entonces no las había, ni baches, porque tampoco, porque si no hay carros no hay baches, ¡qué delicia!

Pocos son suficientes. Incluso en el paraíso pocos son muchos. Gente es lo que sobra, ya ocuparon todos los nichos, van a seguir con Marte. Vamos a pasar pues, cronopornoturistas, frente a la finca Villa Luz, tras de la cual sigue la Ayurá, la quebrada, y después una cantina bailadero donde negros, cuchilleros y bandoleros bailan con sirvientas que a la salida, en un rastrojo, preñan. Primero las calientan en el bailadero zangoloteándolas, después las tiran en el rastrojo, y allí, bajo la tenue luz de la luna y las estrellas, las abren de patas y ¡pum!, les zampan un hijo. Era pues el lugar, como quien dice, un preñadero por partida doble: rastrojo y quebrada, o quebrada y rastrojo, escojan. Cuando un vientecito entró al carro soplando de afuera y me acarició exclamé: «¡Ay, qué frío!» «¡Qué pasó, qué pasó! ¿Qué tiene el niño?», gritaban todos aterrados. «Nada —dijo mi tío Ovidio, que iba de copiloto (mi papá manejando)—. Solamente tiene frío». «¡Cobíjenlo rápido, rápido, que se resfría!» Mi papá manejando, dije, ¿pero manejando qué? ¿Íbamos en una volqueta, en una camioneta destapada o en un carro descapotable? En el Fordcito nuestro no, pues en Antioquia en carro cerrado no iba a entrar el frío. Ah, es que los recuerdos son traicioneros, como los que me rodean en este instante, en esta noche negra de un día lluvioso en este palacio ruinoso, de alfombras raídas y paredes en escombros. Traidores todos. Advenedizos, oportunistas, aduladores, palaciegos, áulicos, palabra que desapareció del idioma (¡ay, menos yo todos se mueren!) pero no los que designa pues aquí los tengo, a mi alrededor, y no necesito chuzarles los teléfonos al estilo Uribe para leerles el alma. Darío, Aníbal y Silvio, mis primeros hermanos de la veintena que después vinieron, iban conmigo. ¿Pero es que ya había nacido Silvio? No lo puedo precisar. Lo que sí tendré preciso hasta el día en que me muera fue que a los veinticinco años se mató de un tiro en la cabeza. Si me hubiera consultado, le habría aconsejado el corazón. «En la cabeza no, Silvito, te destroza el disco duro». ¡Por Dios, qué anacronismo tan infame, qué van a decir los críticos! En el siglo XIX no había discos duros, los cerebros eran blandos.

Después, andando el tiempo y la vida, volví a sentir frío en Roma y en Nueva York, donde conocí la nieve, también de noche, y me acompañaba también Darío, que también murió y que también anoté en mi Libreta de los muertos, un devocionario que lleva por título *Todos muertos*. ¡Y a ver cuántos se libran de ella, que aquí sigo con la pluma en ristre! Desde el cielo negro caían copitos de nieve de un blanco angelical, alucinantes como poppers con heroína, y mientras caían me iban acabando de descarrilar el alma. «Morite ya, morite ya», me decían en susurros. Me conmovió que me hablaran de vos, en antioqueño, en Nueva York. «¿Y cómo, niñas blancas?» Que me tirara del Empire State. «No me dejan subir porque soy de país proscrito, satanizado». Que me lanzara entonces del puente de Brooklyn… «¿Y dónde está?» «Pues en Brooklyn». «Voy p'allá». ¡Qué iba a llegar a Brooklyn con la borrachera estupacientosa que traía! Me llevó Darío al cuartico que teníamos en el Admiral Jet, el edificio de desechables del que él era el súper, a dormir. Se acostó con un puertorriqueñito hermoso que se levantó en el camino haciendo parar el taxi, en el que lo subió, y para acomodarse después con él bien acomodaditos en la cama nuestra, de hermanos pobres, de una patada me tiró al suelo. En Nueva York soñaba con Santa Anita y con la abuela y me despertaba llorando. Y me decía entonces Darío: «No llorés, güevón, que la abuela ya no está. ¡Cuánto hace que se murió!» Tampoco voy a llorar ahora por vos. Ni una lágrima. ¡Cuánto hace que te moriste después de todas las que hiciste, degenerado! Al día siguiente al puertorriqueñito lo despidió y no me lo regaló. «¡Irresponsable, nunca te acordabas de nada!» Ah, que no me quiso despertar. «¡Ay, sí, despertar!» Como mucho cuento, una vez nos acostamos los dos con un negro. ¡No haber sido yo pintor mediofigurativo, sugestivo, para haber ganado dinerales! «Blancos con negro» se habría llamado el cuadro.

Yo me he salvado de mucho: de los poppers, de la heroína, de las mujeres, de los maricas, la gonorrea, los curas, la sífilis, un puma en México y la mezquindad de Colombia, ilímite como la maldad de Dios. ¡Y de los médicos! De mis colegas los psiquiatras, que me internaron en Bogotá. Al no servirme los choques eléctricos, me comatizaban entonces con insulina. Un centímetro más de insulina, si empujaban un poquito más de la cuenta el émbolo de la jeringa, ¡y al otro toldo! Por una tapia de metro y medio, hagan de cuenta el balconcito de Bolívar, me les volé. Salí de la casa grande a un mundo desconocido. Pero dejemos esto, que fue mucho antes de que les montara a estos asquerosos la competencia en México entregándome en cuerpo y alma a su profesión de engañatontos. Y conmigo se jodieron. Confesonario de incienso y opio mata diván de Freud.

Justo antes de mi llegada andaban los del Congreso derogando leyes. Que había muchas. Que se contradecían, estorbaban y empantanaban, y que había que abolirlas. Abolir las mismas leyes que ellos habían promulgado, ¿habrase visto mayor impudicia?

Y aquí me tienen en este putarral, el país de los nadadores donde nadie hace nada como no sea fornicar, echando a andar el día, firmando las sentencias mañaneras de fusilamiento, decapitamiento o carburación. Los fusilados, miles; los decapitados, centenares; y los carburados, decenas porque soy de buen corazón y de hecho trabajo gratis por el bien de Colombia, mi patria, a la que amo, y el de mis colombianitos a los que también. Nací para hacer el bien. Para hacerles el bien a todos, pero sin creerme redentor de nadie. Yo no reciclo cadáveres putrefactos ni vivo de cuentos viejos. Ni copio, ni plagio, ni saco lodo del internet. Innovo. Y así he logrado cambiar de arriba abajo esta macronarcodemocracia que le confiaron a mi recto juicio los generales. Limpia me está quedando de políticos y curas, de pateadores de balón y cacareadores de goles, de médicos y dueños de hospitales, de representantes y senadores de Congreso, de opinadores de periódico, radio y televisión... Y un largo etcétera. Fueron saltando por entre el aro de fuego para caer en el abismo de las almas depeñadas que les esperaba abajo mis coterráneos del putarral.

El culo Antanas también tenía su mafia. Como Uribe, como Petro, como Vargas, como Santos. ¡A cuántos no fusilé y a cuántos no decapité, según la magnitud de sus infamias! Por compasión, a muy pocos carburé. Entre estos se me fue El Pilarico. Creo. Voy a revisar mis papeles.

¡Y ni se les ocurra un funeral de Estado! ¿Entretener yo dos o tres o cuatro o cinco horas a la chusma puerca? Aclamación de chusma, tempestad de mierda, sobre vivos o muertos. ¿O por qué creen que no fui papa? ¿Y que le escupí al cónclave la triple corona? ¡Purpurados, maricones, mascalzoni! Viví a la sombra de los más humildes y bajo ella decidí morir. Ni me entierren ni me cremen. Sacan de Casablanca mi cadáver envuelto en una cobija roja que verán en mi cuarto, de la fábrica de telas Fatelares de la que mi padre fue subgerente cuando yo era niño y que aún existe pese al inmenso daño que le hizo el puto Gaviria al país, me envuelven en ella desnudo, me montan en una carretilla de reciclador, y sin fanfarrias me llevan hasta la cima del cerro del Pan de Azúcar de Medellín, arribita del que fuera el Colegio de los Hermanos Cristianos, y allá me dejan a la intemperie y se van, que ya irán llegando con su aleteo negro, hermoso, mis hermanos los gallinazos de almas blancas a quienes amo, a llevarme consigo por el cielo azul en el más espléndido de los vuelos. He dicho.

Pero para volver a hablar, esta noche, a las nueve, en cadena nacional. Voy a explicarle al país, apuntalándome en citas en hebreo y griego bíblicos, por qué la entelequia de Dios no se necesita para que la materia exista mordiéndose con su hocico la cola como el uroboro. Y cómo, en consecuencia, el loco Cristo no existió porque sin Padre no puede haber Hijo. Se acabó la religión. Empieza la era de la moral. Conmigo. La Tierra explotará entre los fuegos de artificio de la Primera y Última Guerra Nuclear, pero habrá sido el primer planeta moral del cosmos.

*Sanctus, sanctus, sanctus, Dominus Deus Sabaoth:* «Santo, Santo, Santo, Señor Dios de los Ejércitos». ¡Cómo! ¿Dios tiene ejércitos? Se los voy a integrar entonces a las Fuerzas Armadas de Colombia para que aprenda a respetarnos Venezuela y me aplaudan los generales. ¡Yo también amo a Jesús! A Jesús Montoya, una belleza de veinte años, de Rionegro, Antioquia, reclutado para el ejército, del cual pasó a mi Guardia Personal para terminar de asistente mío en mis suntuosos aposentos privados del remodelado Palacio de San Carlos que quedó esplendoroso. En las negras noches de Colombia, cuando este país se deshace en su inmoralidad esencial, demente, y sigue matando animales en los mataderos y comiéndoselos, embrutecido por el fútbol y envilecido por políticos y curas, pierdo el sueño y no sé qué hacer y entonces lo llamo: «Ven, Jesús mío, ven». Y viene, sin hacerse rogar, sin dilaciones. Acude a mí a calentarme en los congelados amaneceres de la sabana, la de Bogotá que no es precisamente la de África. Aquí todo se congela, lo que cuelga y lo que no. Se encoge, se angosta, desaparece. ¿Cuándo vuestro Jesús, bobuelos, almas cándidas, tan cacareado por curas, pastores y popes, ha acudido a vuestro llamado como el mío a mí? ¡Jamás! No se deja ver, como si no estuviera o no existiera. Acaso porque aún no ha resucitado y sigue a la espera de que transcurran los consabidos tres días, que en términos bíblicos pueden significar tres eones, como la creación del mundo y del hombre, que según el Génesis fue en seis días, pero multiplicados por un trillón. Las cifras bíblicas por un lado son minúsculas pero por el otro matusalénicas. Yo en la Biblia sería un crío. A lo mejor los apóstoles encerraron a Jesús en la tumba propiedad de don José de Arimatea con candado para que los adláteres de Caifás y de Pilatos no se robaran su cadáver, y las santas mujeres, al no poder abrir el candado para poderlo sacar y que volara al cielo a reunirse con su Padre, inventaron el cuento de que sí. ¿Voló entonces, o no? No sé, no sé, no sé. Tampoco lo sé todo, ¡carajo!

Pero qué voy a perder tiempo y papel contándoles preocupaciones infantiles, en minucias, en vez de cincunscribirme al relato de esos cinco años delirantes que siguieron a mi despertar por los generales, mi pesadilla, sujetando con las riendas tensas a la yegua desbocada de Colombia que corría hacia el abismo convencida de que la esperaba allá abajo un pastizal.

Los anarquistas no lo eran tanto, se las daban de socialistas y defendían a los pobres. Yo también: defiendo su sagrado derecho a no existir y no sufrir. Otra cosa es que algunos tercos y necios opongan resistencia. Déjense guiar, almas desventuradas, por el patrono de la no existencia, el hijo de Antioquia que les canonizó Francisco, ¿o es que perdieron la fe? ¿No recibieron pues al pampero en sus pastizales como rebaño sumiso para que los bendijera? ¿No los colmó pues de indulgencias plenarias? ¿No les echó pues agua bendita en la crisma a los que aterrizaban? ¿No están acaso satisfechos con sus bendiciones copiosas de manirroto? ¿No dio réditos la visita? ¿No se sacaron los gastos? ¿Se perdió plata? La capital de

Colombia va a donde vaya yo. La he vuelto una capital ambulante. Ahora ando en Rionegro con ella, de visita a la familia de Jesús para pedirles su mano y nombrarlo en testamento público abierto mi heredero. Muerto yo no queda un peso de lo que deje porque entre el ministro de Hacienda y la DIAN se lo roban, hay que prever. Aquí nos tenemos que defender de estos hampones nosotros los paganinis hasta después de muertos.

La ambición mueve a presidentes y papas. A mí la desocupación. ¿Les conté ya lo de la mula de mi abuelo? ¿Y lo de mi primer viaje en tren? ¿Y lo de la caja de dientes? ¿Pero no la del señor Quiñones sino de la de Leonidas Rendón Gómez, mi abuelo, el engendrador de mi madre? ¿Que se la robamos del vaso de agua donde la ponía en la noche en Santa Anita a remojar y se la acomodamos al otro día a un esqueleto para que se riera este huesudo con sus mandíbulas batientes? ¿Sí les conté? Pequeñas historias de pequeñas miserias pero que me apuntalan, como esas casas campesinas que se ven a la orilla de las carreteras de Colombia montadas sobre el abismo en unos pilotes, en cuatro palos, que si se los quitan se desbarrancan. Déjenme con mis humildes recuerdos que me cansé de grandezas. Sí, ya sé que fui único en la presidencia. ¿Y qué?

Con la obstinación de la gran Silvia Pinal alias Viridiana, actriz mexicana de Buñuel más empeñosa que mi amiga Fanny Mickey (hagan de cuenta una ladilla turca en pelo púbico), conduje durante cinco años al país, con mano firme que nunca me tembló. A las puertas de un golpe de Estado, cuando la espada de Damocles se iba a desprender de arriba y me iba a caer encima en la cabeza, me despedí en cadena nacional del país: «Ahí les dejo la mula domada. No me agradezcan, que no les puso Dios esa cualidad en su ser. Me voy. Adiós». Dicen que muchos lloraron. ¡Pero por sus muertos!

Por sus papás, sus mamás, sus hijos, sus abuelitos, que fueron cayendo por sus delitos bajo la cuchilla de la decapitadora Parca. Familiar de muerto llora, ley del mundo.

¡Qué basura de la humanidad los Estados Unidos! Anoche que hice apagar los candiles de palacio para dormir mejor, en la oscuridad, con prohibición de que se encendiera tan siquiera un fósforo, por fin vi claro. La luz a mí me ciega, la oscuridad me ilumina. ¡Con que el país más libre de la tierra! ¿Y esas oleadas de esclavos que día a día, año tras año, les llegan por las fronteras de México, o por el aeropuerto John Efe Kennedy de Nueva York camuflados en sacos de cocaína procedentes de Colombia a limpiar los inodoros? Los amos blancos, los que llegaron antes, in illo témpore, en el Mayflower (de veintisiete coma cuatro metros de eslora, manga de siete coma seis metros, de propulsión a vela y aparejado de tres mástiles, con veinticinco marineros y ciento dos pasajeros fervientemente creyentes en Dios, más retrógrados que Calvino y más flageladores de sí mismos que san Juan de la Cruz), esos, y tras ellos las generaciones de descendientes rapaces que los sucedieron, se sientan con sus culos negros en sus tronos blancos para que se los limpiemos los inmigrantes de mis dos países, México y Colombia. Esto no puede seguir, hay que acabar con semejantes atropellos de semejante país de mierda. Atrasadísimos por lo demás. A estas alturas de la eternidad, con una pata en la Tierra y la otra en Marte, y todavía pastoreados por dos partidos, el Republicano y el Demócrata, como antes a nosotros, hace un siglo, el Conservador y el Liberal, que de conservadores no tenían nada pues aquí nunca ha habido nada que conservar, ni de liberales porque para qué la libertad en medio de esta pobreza de mierda y esta miseria moral. En períodos de cuatro años, que usualmente logran prolongar a ocho, republicanos y demócratas se turnan en el reparto del botín. *«God bless you, and may God bless the*

142

*United States of America. Thank you, thank you*». Así terminan sus discursos estos originales, hijos por igual, unos y otros,
de la Gran Puta. Y con la bendición del de Arriba, el que ce-
loso de la belleza de Luzbel el hermosísimo lo despeñó en los
infiernos donde me está esperando desde hace eternidades,
nos robaron, a nosotros, Panamá, y a México medio México.
¡Con que el país más libre de la Tierra! Y del Sistema Solar, la
Vía Láctea y el Universo entero, entendiendo por «Universo»
los veinte o treinta que hay. El más atropellador, querrán decir. *God bless you, dear friends, and give you to drink of this wine.*
Que Dios los bendiga, amigos, y les dé de beber de este vino
para que acompañen las reses que se comen. Más atropelladores y carnívoros que colombiano suelto en calle o bajo techo
con tenedor y cuchillo. A veces lo llaman «Dios», pero a veces
«Jesús» porque no los distinguen. Se hacen bolas, como dicen en México. Lo escriben «I love Jesus». Pero lo pronuncian
«Ai lov Yísus».

—Sebas, te voy a enseñar a hacer el nudo de la corbata
tal como me lo enseñó a mí mi abuelo. Qué corbata trajiste, dejame ver. Azul oscura, muy bonita. Va muy bien con
tu trajecito azul, de un azul entre clarito y oscurito. ¿Lo escogiste vos? ¿Y por qué trajiste la corbata en el bolsillo del saco?

—Porque no me sabía hacer el nudo.

—¡Niño bobo! Con un canal de YouTube que tiene miles y miles de videntes y no te sabés hacer el nudo de la corbata. ¿Cuántos te ven?

—Muchos.

—¿Cuántos son muchos?

—Más de mil megas.

—¿Megas quiere decir mil?

—No. Millones.

—¿Millones que ven tus videos enteros? ¿O contados
en clics?

—Ah, eso sí no hay forma de saber. Van desde un clic hasta un entero.

—¡Qué importa! Millones y millones haciendo clic, estás componiendo una inmensa obra sinfónica para celestas celestiales con puros clics. Convertiste a la humanidad en tus músicos, tus celesteros, tus cliqueros.

Y le aprieto el nudito de la corbata.

—¿Cuántos videos has colgado?

—Veinte con el del elefante.

—¿Pusiste la jirafa?

—¡Claro, y el camello y el hipopótamo!

—Te queda muy bien la corbata, perfecta, escogiste muy bien el color. ¿Te acordaste de poner las raticas?

—¡Claro! También. ¡Cómo las iba a dejar!

—¿Y al gallinazo?

—Puse al mío. Se llama Santino.

—¿Lo querés?

—Mucho. Lo llamo y le digo: «Venite, Santino, que vamos a apostar carreras». Y arrancamos. Yo abajo y él arriba. Siempre me gana. Como vuela tan bien… Un gallinazo le gana a un cóndor. Los cóndores vuelan bien, pero sin tanto estilo.

Para el ancho mundo había nacido en Colombia el que en la oscuridad reinante veía claro, ¡quién lo iba a creer! Un niño de Montería, capital del departamento de Córdoba, si no me equivoco. Porque con el montón que tiene este país… Los hacen y los deshacen y cambian descambian como constituciones.

—¿Cómo es que se llama el río de Montería?

—El Sinú. Muy hermoso, tiene iguanas.

—¿También las pusiste?

—¡Claro! Les hice un video entero para ellas. Gustó mucho. Me escribieron como cuatrocientos mil niños.

—¿Tantas cartas?

—Cartas no, comentarios en YouTube. Uno por niño. Todos buenos, ni uno malo. O sea, para bien. Hablando bien. Felicitando. Y que dónde podían comprar una iguana.

—¿Y qué les dijiste?

—Que no. Que los animales ni se venden ni se compran.

—Muy bien dicho. Me gusta mucho. Vení, vení, pasemos al comedor que te están esperando. No te dejés deslumbrar por los flashes y los reflectores. Te lo digo yo que tengo conocimiento de causa. Encandilan y engañan. Cerrá los ojos.

«Sebas», Sebastián Sánchez Bauche, niño vegano youtubero, orgullo de Colombia y de América, quien en su canal de YouTube «Mi Perro Amado» empezó a darle, por fin, una moral al mundo. ¡Cómo que «una», con artículo indefinido! ¿Estoy loco, o qué? ¿Se me olvidó el español? ¿Se me barrió el caset? ¿Qué estoy diciendo? «La» moral, por fin, con el artículo definido porque no puede haber sino una sola y que nunca el mundo ha tenido porque Cristoloco, el desquiciado que nunca quiso a los animales, lo ha impedido, y hoy es el día en que después de dos mil años ahí sigue colgado de una cruz ese demente, el rey de los demonios, haciendo el daño sin parar. Hoy lo hace y mañana también y el año entrante.

¿Y quiénes son los que están esperando a Sebas? Hombre, para empezar, monseñor cardenal con sus arreos: báculo, mitra y mano toda enjoyada, con anillo de esmeraldas colombianas y diamante multifacético contrabandeado de África. Luego el Cuerpo Diplomático, embajadores y cónsules, todos de negro. Luego el Cuerpo Académico, o sea la Universidad, una partida de farsantes que les cuestan caro a las arcas públicas, millones y millones que las están desfondando, también de negro. Luego los militares, de cuatro estrellas p'arriba, con sus galones y entorchados más sus arneses: cierrabelfos, tapaojos, cabestros, riendas, muserolas…Gran Orquesta Sinfónica de Antioquia. Coro para el Himno Antioqueño, que he vuelto por decreto el Nacional. Steinway de cola abierto y reluciente para el que quiera tocar. Altos funcionarios del Estado, pero con sueldos disminuidos, prácticamente destetados… Candiles, banderas, luminarias. ¡Qué sé yo! Larga lista, como para medirla en megas.

—Entro yo primero, Sebas, para que me reciban con el cansancio de siempre, de suerte que cuando tú entres resuene la gran ovación que te mereces y que no le quepa duda a nadie que sepa de esto de que tu triunfo dejará en poca cosa *La coronación de Popea* de Monteverdi. No bien se apaguen los aplausitos míos, cuentas hasta cinco y entras. Te diriges entonces a la silla vacía que verás en el centro, el punto donde convergen las largas mesas, al que para entonces estaré llegando. No mires a nadie. Mira al suelo para que no te tropieces. Vamos pues.

Y así se hace. Entro yo primero a los acordes del Himno de Antioquia, o sea el Nacional, y me reciben como dije, con aplausos cansados. Y entra el niño. Casi se viene abajo el palacio con todo y los candiles del techo, como el templo de los filisteos que derrumbó Sansón o como terremoto de México. ¡Qué frenesí, qué delirio, qué miseria la de esta lengua de Castilla cicatera que no me da para contarlo!

Cuando llegó el niño a la confluencia de las mesas donde lo estaba esperando le señalé el asiento del puro centro reservado para él y para todas las miradas, y no bien se sentó me senté a su lado. Escampó por fin el chaparrón de aplausos, se hizo un expectante silencio y la orquesta rompió a tocar la contradanza *La Libertadora*, la que bailaba Simón Bolívar y que había programado yo, no para homenajear a este tipejo ni a Colombia, que no se merecen nada, sino para agraviar a España, aun a sabiendas de que me que-

146

daré siempre corto, y cuyo embajador, desde mi llegada hacía cuatro años, andaba en la Península «llamado a consultas». Terminada la pieza Sebas y yo nos levantamos, saqué de una cajita que me tenían preparada en la mesa la condecoración, y colgándosela sobre el pecho me pronuncié uno de mis telegráficos discursos: «Ciudadano Sebastián Sánchez Bauche, en nombre de Colombia le condecoro con la Cruz de Boyacá». Y en voz baja, pero lo suficientemente alto para que la oyeran los micrófonos: «Sentémonos, que sigue la fiesta. Aquí va a haber de comer en un país hambreado». Fíjense bien, ustedes que son gramáticos, del país de don Rufino José Cuervo, que no dije «lo condecoro» como aquí se estila, sino «le condecoro», a la usanza de Castilla. ¿Por qué? Hombre, porque en esta fiesta decimonónica estamos todavía bajo el dominio de España como a principios del siglo XIX. Fíjense también que le dije «ciudadano» a un niño de siete años, youtubero, vegano y pianista. Con un gesto de desprecio aparté los indiscretos micrófonos y le dije:

—Te dejé abierto el piano, ¿quieres tocar?

—Bueno. Un nocturno de Chopin.

—Voy a pedir entonces que te anuncien. Camina hacia él.

Y en tanto el niño cruzaba el salón hacia el piano, mi edecán pedía, por los micrófonos, «silencio porque el ciudadano Sánchez Bauche va a tocar algo en el piano para ustedes».

Cuando acabó de tocar el delicado nocturno en un pianísimo etéreo, otra ovación, y esta sí tumbó un candil. Nada grave, uno pequeño, no mató a nadie, volvamos a lo que estamos, recojan las astillas no se vaya a herir después la gata, y que siga el banquete fiesta.

—Tocaste el nocturno en Do sostenido menor, póstumo.

—Ajá.

—El más hermoso. Lo compuso Chopin en 1830, a los veinte años. En la edición que yo tengo, en el compás 30, en la clave de fa de la mano izquierda hay dos erratas: un re sostenido que debe ser do sostenido, seguido de un la doble sostenido que debe ser fa doble sostenido. En la tuya no, porque lo tocaste bien.

—En la mía también. Yo lo cambié.

—¿Y estás seguro de que como decimos fue como lo compuso Chopin?

—Yo sí creo. Como lo tenemos no puede ser, suena mal.

—Es el momento más hermoso de la música. Ni Gluck lo tiene. Menos Mozart, con todo ese noterío suyo con que jodía en el piano. Se sentaba a joder. A dale que dale que dale que dale. Le voy pedir a doña Zeide de Negri, mi médium favorita, de ciento seis años, muy buena para mover mesas y con la lucidez mental tuya, niño, que me convoque a Chopin para preguntarle. Voy a invitar a esa sesión espiritista a Germán Bengoechea, grado 33 de la masonería de Bogotá, para que me colabore.

Monseñor cardenal, a la izquierda del niño, nos miraba de reojo sin entender. Le leí el pesamiento: «¿No será el señor presidente un pederasta marica?»

—Fíjese que no, Su Santidad, nada de eso —le contesté en voz alta al pensamiento, subiéndole el grado a Sumo Pontífice.

—¿Qué decía, Excelencia?

—Nada, estaba pensando en los huevos del gallo.

Después de que se fueron todos, también el niño, y me quedé solo y apagaron las luces del palacio, volví a ver claro. Mi vida habrá sido un desastre y me encuentro en la antesala de la nada, pero qué importa, este niño hará lo que no logró el falso redentor de hace dos milenios que no quería a los animales. Su almita estrecha no le dio para tanto, para ver-

148

los también como nuestro prójimo. El amor a los animales, ahí tienen la puerta de entrada a la moral, colombianos. Una vez que entremos, paisanos, ya veremos con qué seguimos, si con otro mandamiento o con más. Yo digo que el segundo ha de ser: «No te reproducirás, bestia lúbrica». Pero queda sujeto a debate. Cuando mueran los irredimibles adultos de hoy los niños serán los nuevos dueños de la tierra. Entonces cerrarán los mataderos y la humanidad tendrá por fin la moral sin religiones. ¿Por qué? Porque así como antes cundía el mal, desde que habló Sebas empezó a cundir el bien.

—¿Pero será así, Excelencia? ¿No estallará antes el polvorín nuclear? Tan solo se necesita un fósforo. Y ni se diga para este palacio suyo, que de tan viejo está que arde.

—He ahí mi shakesperiano dilema: ¿Lo quemo o no lo quemo?

Si lo quemo, gravísimo porque en él vive gente buena conmigo: una gata y un montón de ratas, pero en paz porque comen en platones separados. Si no lo quemo, también porque al morirme dirán: «Vivió el marica como un pachá y para eso tomó el poder».

¿Vivir como un pachá llama la chusma puerca conformarse un mandatario ad honórem y ad hoc con una Guardia Negra compuesta exclusivamente de escultóricos soldados de sangre negra pura del Chocó? Del departamento colombiano del Chocó donde no hay blancos, raza maldita, podrida, que no sé por qué no desocupa la tierra y sigue detentando a estas alturas del Cosmos Tiempo el poder.

Y dos cosas ya o se me olvidan. Una, que para la fiesta de Sebas, la única de mis cinco años de mandato, repartí por los rincones de las salas y pasillos del palacio pebeteros de opio en bruto: piedras oscuras y cristalinas de los alcaloides de la adormidera concentrados, buenísimos para calmar angustias en el hombre y sofocaciones uterinas en la mujer. Estas sofocaciones producen en estas bestiezuelas lúbricas esas histerias que las hacen tan odiosas e insoportables hasta el punto de que varios maridos las han tenido que ahorcar o quemar.

Recuérdese que en los templos de Asclepio o Esculapio, el dios de la medicina, paciente que llegaba se le sometía de inmediato a su *incubatio* o aplicación de una poción de adormidera, de igual modo que en los hospitales de hoy, no bien ingresa un paciente y firma un váucher abierto de su tarjeta de débito o de crédito, le ponen suero. Después en la kilométrica cuenta el suero se lo cobran como sangre de Cristo. Si sale vivo… Si no, de todos modos paga la tarjeta. En habiendo tarjeta de por medio, el vivo sobra, no hay que preocuparse. El dueño de hospital duerme bien, pero mucho más sus clientes: en la paz de la nada. El hospital por sí solo mata más que el cáncer. Colombianos, no se dejen llevar ahí, muéranse en sus casas.

Y dos, que durante mi sexenio he venido exterminando a la Duterte, amén de los que les he ido desgranando aquí como cuentas de un rosario, a los falsificadores de moneda, a los contrabandistas y a los vándalos, entendiendo por vándalos a hackers, grafiteros y desechables, esto es, los que dañan malignamente los bienes públicos. ¿Que un grafiti es arte? Píntenles entonces en las nalgas a sus madres sus iluminaciones, las firman con un punzón y firmadas y fechadas las ponen a caminar por las calles para que tengan unas esculturas vivientes.

Me enteran hoy de que Su Excelencia el presidente Duterte les pidió a los filipinos que maten obispos católicos (en sus siete mil islas de coral, protestantes allá no hay). ¡Qué hombre maravilloso! ¡Cómo no me voy a sentir honrado con su amistad! Le voy a levantar su conjunto escultórico, un imponente monumento en que lo veremos frente a un obispo enjoyado que cae, y él con un fusil humeante y sonriente. ¿Que las esculturas no hablan? ¿Y esta qué? ¿No ven con qué ira reflejada en la cara le va diciendo Duterte al obispo: «¡Hijo de puta!»? Y con este serán dos los monumentos que he levantado en mi vida: el encomioso de Duterte en la explaza de Bolívar y el denigrante de Antanas Culo en el vertedero de Doña Juana, de Bogotá, Colombia. Y ni uno más habrá: estos dos que quedarán, y ni uno de los anteriores, los de nuestra mísera Historia que precedió a mi mandato.

Tras estos cinco años timoneando de tumbo en tumbo el barco que se hundía, me reciclaré como clarisa en mi convento de Casablanca hasta el día en que me muera, Dios quiera que dormido y sin soñar. ¡Pero qué digo, gran pendejo, qué mariconadas son estas! He de morir despierto en la impenitencia final, maldiciendo al Monstruo como he vivido. He dicho. Y no me repito, que no soy disco rayado.

Y vuelvo a la mujer. ¿Habrá error más grande de la Evolución que estas tetrápodas de dañina esencia? ¿Tanto tanteo durante miles de millones de años para llegar a semejante cosa? Dotadas de cuatro extremidades que terminan en dedos y de dos cántaros lactíferos de envenenada leche, hoy se sienten con todos los derechos. Manejan países y vehículos, toman decisiones, tienen opiniones. Endemoniadas, posesivas, poseídas por los celos, al marido lo creen propio y de ninguna otra: lo vigilan, día y noche, por celular o en persona; lo revisan pelo por pelo durante el sueño; y si se levanta al inodoro, pretenden entrar con él a ver qué hace. Egocéntrica criatura, le exige al pobre buey que de sol a sol are para ella, y que provea: jamón importado, té de Ceilán, ropa de marca. Una Cristina satánica, Cristina no sé qué viuda de Kirchner, ¿no acabó pues con la Argentina? Nacida en un caño del Riachuelo entre sapos y ranas, se sentía la Reina de la Creación. Robó, mintió, calumnió, embolsó. Se disimulaba con el maquillaje el bozo, previa afeitada para que no le creciera en bigote. Adentro no tenía un clítoris: le colgaba hacia afuera un pene. «Le voy a meter a Argentina hasta el fondo esta poronga», decía. ¡Qué va, puro cuento, no tenía con qué, cuál poronga! Este androide o este hembroide, mitad macho, mitad hembra, pero que le hacía al juego de la feminidad, no pasaba de una fiera despenada. Antes de irme y de cerrar el tenducho la voy a extraditar a Colombia para ejecutarla. Y a su hijo gordo. ¡Par de pícaros! Lo único que nos falta aquí es que no bien me vaya, me suceda por un golpe de suerte Ana Vélez. Entonces me extrañarán y verán lo que es bueno.

Y tras incitar a su víctima a probar la manzana, estas perversas criaturas se hacen inseminar del ingenuo. Ya empanzurradas, salen a la calle como barriles con dos patas a dar espectáculo. Mujer que preñan pierde la vergüenza. ¿Qué puede pensar, por Dios, el que las ve, sino que ocurrió lo que sabemos? Imagina, visualiza. La mente humana tiene capacidades ilimitadas. Uno ve sin necesidad de ver. Uno sabe sin necesidad de escuela. Sobran la escuela y las universidades. En lo esencial nacemos aprendidos, como el pájaro. ¿O es que necesita el pájaro ir a la Escuela de Artes y Oficios para aprender a hacer nidos? ¡Basta de universidades! ¡Para qué la Historia de Colombia! ¡Para qué la literatura! ¡Para qué la filosofía! ¡Para qué las humanidades! Todo lo que huela a humano apesta. Se acabó la sinvergüencería. Cierro la Nacional, cierro la de Antioquia, cierro la del Valle, cierro la Autónoma de Bucaramanga, cierro la Industrial de Santander… Total, en el ranking de las universidades del mundo la que primero figura de las nuestras está en el puesto tres mil quinientos cincuenta. De no ser yo el número uno, prefiero el cero. Y que podamos leer entonces en Internet, con orgullo: «¿Universidades de Colombia? Ni una. Allá no se necesitan».

Y en casos dudosos la Justicia colombiana fallará en favor de Adán, no de Eva. De no haber existido este endriago hembra, ¿para qué habríamos necesitado la redención del dañino

Cristo? ¿Por qué no hizo Dios a Adán hermafrodita? ¿O partenogénico? ¿Le costaba mucho? ¡Se tenía que meter el Gran Zángano Desocupado en chambonadas! Compongamos entonces lo malo, renunciemos a abarcar lo ilímite y a alcanzar lo imposible. No puedo hacer más por Colombia. Y lo que sobra sobra. Mañana me voy.

Al usurpador peruano, al ladrón de apellidos, al que soñaba morir en París con aguacero, que por lo demás no sé si se le hizo o no se le hizo, le tengo declarada post mortem la guerra. Él ya murió, y yo también, estamos parejos. La pelea que casó conmigo robándome el apellido la vamos a dirimir en el Más Allá, o sea más allá de nuestros propios destinos. Me morí en Medellín bajo un verraco aguacero, pero a salvo, bajo techo, en mi Casablanca, mi convento de clarisas. Los goterones de la lluvia aquí destruyen muros y tejados y nos dejan a los ricos a la intemperie como los pobres. Yo las llamo «lluvias niveladoras». Como quien dice, lo que no han podido hacer nunca, en ningún lado, revoluciones cuantas haya habido. En uno de estos terribles fenómenos meteóricos con que nos premian desde arriba, me cayó un granizo de kilo y medio y me quebró tres tejas. Llamé a un albañil goterero para que me tapara el hueco, y al caminar sobre el tejado recalentado por el sol sin el debido cuidado, como suelen, me quebró otras doce. Aunque no parezca, los pobres también pesan: paren, ensucian, dañan, quiebran tejas. Soy un damnificado de las lluvias de Colombia y de sus pobres. A ver qué hace por mí el Estado.

Fuera ya de la presidencia, y habiendo dejado por fin de lado a los pobres y sin intervenir en política, me conformo ahora con que los cerdos no se reproduzcan más, esterilizándolos a todos con mi vacuna anticonceptiva para mamíferos, que consiste en extractos inyectados de zona pelúcida de óvulos de cualquier otra especie mamífera pero menos de la propia, de suerte que el sistema inmunitario de las hembras vacunadas les destruya sus propios óvulos y acabar así por fin con los ricos, con los pobres y con los intermedios. Se vacuna pues a la hembra, y queda inactivado el macho. Muy económico mi procedimiento: no requiere vacunar a toda la población sino a media, con el consiguiente ahorro de molestias a la otra media.

Al no poder degustar el más exquisito plato de la cocina peruana, la «Presidencia del Perú», que se hace con hierbitas de huancayo adornadas con morillas del rastrojo y excremento de tórtola, se hubo de contentar Vargas con el marquesado de Cabra. Se lo dio Juan Carlos Borbón el botsuano, el valiente matador de elefantes. Si se lo encuentran en alguna Feria del Libro o corrida, de espectador o de estrella, me lo saludan: «¡Qué tal, marqués de Cabras!» le dicen de mi parte, que él no se enoja ni les da un tortazo en la cara. En su fuero interno el marquesado le encanta. Goza con eso. No quiere a los toros, que yo amo, ni le reza a san Fujimori, mi santo. Pero no lo pienso matar, le perdono sus empedernidos errores. Soy tolerante. Hasta cierto punto, claro. Todo tiene un límite. Por ejemplo, la comprensión de los fenómenos físicos o de los cerebrales. Digamos la naturaleza de la luz. Si es que tiene alguna… A lo mejor luz es oscuridad fuertemente concentrada. España es mala y estúpida, y el torero cobarde y marica: un puto exhibicionista con el pene en un nido, abultado. España, la puta borbónica y católica, lo llama «matador». ¡Ay, tan sexy el matador! Se me están saliendo las babas…

Me negué a ser abogado y político como mi padre, que por lo demás era decente, cosa que parece imposible, un oximoron, pero sí. En el extraño mundo de Subuso que es mi patria todo cabe. Por tradición familiar me matriculé en la Facultad de Derecho de la Universidad de Medellín a cursar Ciencias del Mal, pero a los pocos meses la dejé, y con los mismos pies con que había entrado salí y me fui, pero en medio de una humareda: fumando marihuana. Los dejé zombis. Entonces Colombia me empezó a conocer y yo empecé a ser. Después me aceptó como era: un hijueputa. Y hoy me quiere.

Soy un precursor en Medellín, en Colombia y en el mundo, de la *Cannabis indica*, «la yerba maldita» como la llamaban. Y del homosexualismo, que con tanto fervor practiqué dando un ejemplo feliz, despreocupado, sin remordimientos, sano para el cuerpo, sano para el alma. Y no me han levantado estatua. Dos estatuas. Una por lo uno y otra por lo otro. La humanidad no reconoce valores. Antes de mí, si acaso Sócrates, Alcibiades, Alejandro… Pero quién sabe. A lo mejor ni existieron. ¿Y la yerba maldita? Tal vez en Las Mil y Una Noches…

Me puse un límite: entre quince y diecisiete años, ni uno menos ni uno más. Pero como la vida es la que dice… La que dicta la sentencia con sus reglas… Más las circunstancias orteguianas… Cambié la dosis: la fui subiendo por un lado y bajando por el otro, me fui volviendo ecuménico. Ecumenizándome. Pero eso sí, pederasta nunca fui. ¿De siete años, por ejemplo? Jamás. Dios libre y guarde. Hasta ahí no bajé. ¡Pederasta Cristo!

De Medellín pasé a Bogotá y de la Facultad de Derecho al Conservatorio. Me fui pues a la ciudad capital y a ese centro de la armonía y el arte efímero que se da en el tiempo (la pintura y la escultura en el espacio, y el sexo en el espíritu y en la carne) a avanzar mis rudimentos de trompeta, violín, clarinete, flauta, flautín, viola, chelo, contrabajo, corno inglés, trompa, corneta, trombón, trompeta, sin contar varios instrumentos wagnerianos, raros, descontinuados, porque lo que yo quería era componer, componer, componer, aunque fuera dos minutos, un bolero, uno solo, lanzar al aire pompas de jabón que dieran visos y las rompiera el viento a los tres segundos como una eyaculación o un popper. No se me dio, Dios no quiso. Y mis maestros de armonía y composición me resultaron sordos por partida doble: del oído y del alma. Los colombianos no nacimos para la música. En cambio somos muy buenos para la destrucción. Se nos da por naturaleza, nos viene de nación. Así entienden perfectamente bien ustedes cuanto aquí cuento. Destruir a mí me encanta. ¡Qué culpa tengo, si le saco placer!

Arte efímero es la música pues se da en el tiempo: se va deshaciendo a medida que se va haciendo. La pintura y la escultura, en cambio, ahí quedan, ahí están, porque se dan en el espacio. Su problema es que si alguien no las mira, no existen. ¿Y el sexo? Se da en el espíritu y en la carne proyectándose desde aquí hasta el Más Allá, hasta donde dé. Yo he hecho del sexo el séptimo arte. Cine ya no hay, se acabó ese embeleco. El poder, en cambio, no me interesa. Lo ejerzo ¡porque qué puedo hacer! ¿Me pidieron que viniera? Aquí estoy. ¿Fusilo, degüello y quemo? Las circunstancias me lo imponen. En eso sí soy muy orteguiano. «Yo y mis circunstancias», dijo el bobo. ¡Qué cosas hace y dice España! Parece loca. Una cabra loca.

¡Para qué más, basta una pompa de jabón! A mí no me embargan ambiciones de grandezas. No se necesitan las campanas de Berlioz ni los cañones de Beethoven. Poco es mucho. Y tomamos el autoferro mi padre y yo. Yo, un don nadie; y él senador de la República, padre de la patria y mío. Mío suyo. Yo su hijo: el que aquí dice yo y nunca miente. El desvelador de misterios y el señalador de estafas. De las más grandes estafas. De las que nadie se atreve a señalar. Las memorias se me hacen el gran género de la literatura. Permiten ir, volver, parar, seguir, pensar, divagar, recordar, olvidar, revivir, enterrar. ¿Y la novela? Se suma a la prensa escrita y a la televisión, pobre cosa. Está más muerta que Lola

Beltrán. No insistan en eso. Lo dije el otro día en una conferencia no sé dónde.

—Excelencia, lo invitan a dictar una conferencia en la Pontificia Universidad Javeriana.

—¡Hágale! Que escojan tema y fijen fecha.

Así recuerdo yo. Me pego de una cosa y esta de otra y esta de otra. El niño no sabe y el viejo olvida. ¿Y qué me dicen de las enfermedades que uno mismo produce, las autoinmunes? Por ejemplo la esclerosis múltiple que paraliza al que anda. ¿Y qué me dicen del recambio de glóbulos rojos? Solo existen un rato. Los destruimos para volverlos a hacer, como los huesos: al morirnos queda el esqueleto porque con la muerte los osteoclastos dejan de destruir lo que construyeron en vida los osteoblastos y lo fijan a uno, nos dejan en unos huesos mondos, fijos, incambiables, quietos, lirondos. Para la duración eterna y la fijación del individuo, no hay nada mejor que un esqueleto. Así es, aunque no me gusta. Ni el sistema inmunitario del hombre ni el cosmos en su totalidad quedaron bien hechos. Esto alguien lo hizo mal.

El autoferro tenía dos vagones e iba rápido. De Medellín a Bogotá hacía un día. El tren normal, de diez o quince vagones, una semana o dos: subía, se calentaba, paraba, se enfriaba, descansaba, seguía… Y a seguir subiendo y a seguir jadeando y al bajar frenando para que no se lo arrastrara en picada la fuerza de gravedad que en el trópico es bastante más fuerte y lo lanzara al abismo sobre una quebrada de piedras picudas en la que se clavaban los viajeros siniestrados. «¡Aaaaaaayyyyy!» gritaban y los gritos se continuaban en el infierno o en el purgatorio. Al cielo casi nadie iba. El cielo es una lotería, no lo hizo Dios para todos. El Creador es muy selectivo. El protestante solo necesita la fe, o sea creer, creer, creer. El católico la fe y buenas obras. La parte fe no es difícil. ¿Pero buenas obras con qué, si estamos jodidos? No le pidan al que se está ahogando que no se agarre del que se le arrime. Siga nadando usted y que se ahogue el otro. No se ponga de héroe, que héroe muerto flor de un día olvidada.

Voy pues en el autoferro de dos vagones y paso al de atrás. Tengo dieciocho años, vamos rodando por el Mundo y me tienta Satanás con el más temible enemigo del hombre, la Carne: una hembrita de mi edad que encarnó en sí toda la lubricidad de la especie y que me dice con los ojos: «Ven a mí, te necesito». Y yo con los míos le contesto: «Yo también, ¿pero dónde? En el baño no podemos porque dos de sexo opuesto en semejante baño van a escandalizar al vagón. Y en el de adelante va mi papá, seminarista de joven y en el día de hoy senador». «Bajémonos entonces del tren, amorcito». «¿Y cómo, amorcito, si no es un tren del que podamos saltar en una curva porque va lento sino un autoferro que va a toda verraca?» Y me disimulaba como podía la braguta del pantalón porque si eso seguía así iba a eyacular delante del vagón entero, que con perdón así se dice, las cosas hay que llamarlas por su nombre, o si no los demás no entienden y piensan mal. De haber ocurrido el traumatizante episodio en estos días de lascivia y promiscuidad desatadas de hoy, nos habríamos enchufado en público por la boca y por abajo y listo. ¡Que sufran los que ven, que se jodan, primero yo, nosotros! ¡Pero qué! Estoy hablando de la Edad Media, cuando el hombre creía en Dios y eyaculaba en tinieblas. Afuera, por las ventanillas del autoferro, pasaba un paisaje idílico, paradisíaco: unos pantanos verdes, feraces, volando garzas que por primera vez veía. «No nos distraigan, garzas blancas, que no hay dónde, que no encontramos dónde, necesitamos dónde». No hubo dónde. Quedé de psiquiatra. Convertido en otro. Me cambié entonces de acera y me puse a jugar en el otro equipo. Han pasado cien años de lo que cuento y sigo pensando en ella. Vi en su cara morena

158

unos ojos que en silencio me llamaban, y que se iban, que se iban, que se iban la felicidad y la fortuna. ¡Puta vida, dejemos esto! Que siga el autoferro llevándose mis recuerdos que estoy atravesando esta maldita avenida y me va a llevar de corbata un bus. Quedé de psiquiatra. Está clarísimo que el destino tiró los dados y salió que no iba a ser músico sino lo que digo pero aumentado: psicoanlista psiquiatra, asistente del doctor Arnaldo Flores Tapia, que era yo, que soy yo, que sigo siendo yo, con consultorio en el barrio de Polanco, de judíos ricos de la Ciudad de México, donde me hice rico a mi vez y donde ahora estoy pero no estoy. «Pará, hijueputa, para matarte», se gritan por la avenida de un vehículo a otro un taxi y un carro particular. Motos, buses, carros, trucks… Y ahí va Colombia como por entre un tubo, montada en su esencia, el atropello. Yo voy en cambio montado en un trencito de dos vagones que llaman «autoferro», y en el vagón de atrás se está cambiando para siempre mi destino. «Uuuuuuuuu», dice con su silbato el autoferro y afuera vuelan sobre los pantanos del Magdalena las garzas blancas, ¡qué hermosas son! Colombia no nació para la música, ni yo por su culpa. Así que, a juzgar por mí, el hombre es lo que puede y no lo que quiere.

«Quítense, quítense, quítense —dice con sus claxons la loca Colombia, rabiosa—, no se me atraviesen, déjenme pasar». Y pasa, claro, o nos mata. Tiene prisa por llegar, pero no va para ningún lado. Yo en cambio voy en el autoferro del recuerdo con mi padre, me levanto de mi asiento y camino hacia el vagón de atrás. No logré ser músico, soy un fracasado. Por eso aquí me tienen, de Presidente de la República, preparando «La Masacre de los Cafres del Volante», la madre de todas las instalaciones.

Para no dejar tinta en el tintero en esta crisis y que después se me la gaste otro y diga que todo es de él, vuelvo a la mujer y a las cosas que hace. Cual la araña se chupa al despistado mosco que cae en su telaraña (pues Dios hizo la naturaleza llena de estas monstruosidades sin que uno sepa por qué), así una mujer que conocí en Bogotá y que en tres meses acabó con un hombre. Prácticamente se lo chupó. ¿Cómo se lo consiguió, cómo lo capturó, cómo lo envolvió? No sé. Sé quién era ella y cómo se llamaba. Fea, flaca, fané, descangayada, pero de vastas miras y ambiciones, aspirando siempre a lo más alto pese a que en estatura pasaría si acaso un centímetro del metro de una acondroplásica, se llamaba Maruja. De apellido Abad. Creo. De haber vivido en el Siglo de Oro, habría sido mascota de los enanos del rey. ¿Y el muchacho? ¡Para qué lo describo! ¿Para poner al prójimo a soñar? Vivimos en un mundo injusto, no todos comen todos los días. Hermoso, alto, espigado, dos veces ella. Me lo habría querido para mí y doblarlo en dos y darle lujo y placeres en una casona blanca aireada en el Caribe bajo el sol, en una islita nuestra, propia, que se diría el paraíso en pelota en *chaise longue*. Nada me habría importado, incluso, que por el *dolce far niente* y el alcohol engordara y le saliera barriga. A los barrigones, al final de cuentas, algo les quedará que sirva. Renuncio a mi condición de esteta.

Pues bien, lo envolvió la gigantófila en su pringosa red y se encerró con él en uno de los apartamentos de los edificios del arquitecto Salmona (Calle 26 con Carrera 6A, arribita del Planetárium, Torre B), tres meses. Tres, pero intensos, sin respiro ni reposo. Durante los cuales instante tras instante se lo chupó (quiero decir a él, a él entero, de la cabeza a los pies con parada de cierta duración en la mitad del viaje), hasta que por fin un día el prisionero logró escapar del agujero negro que se lo había tragado. Vivía yo cerca de allí con Darío, mi hermano loco, y lo vimos salir: ¡convertido en un esqueleto sidoso! «¿Ves, Darío, en lo que lo dejó?»

«Sí. Yo te lo dije, que lo iba a dejar así la maldita». «¡Claro que me lo dijiste, era obvio! Pero primero te lo dije yo. Y no vamos a empezar a discutir otra vez, que tenemos que caer siempre en lo mismo». Del muchacho esbelto, rozagante, apuesto, que entró, solo salieron con el viento las cenizas del rescoldo. Ahí tienen retratada a la mujer, en la realización de esta maldita. Con decirles que la argentina Cristina al lado de Maruja Abad, colombiana, se me hace una pera en dulce con arequipe de leche, o sea cajeta de Perón. Nunca, por lo demás, fui a una cumbre de mandatarios de América con ella para no cruzarme en el camino con esta demonia de la pampa viuda de Kirchner que en todo estaba, desesperada por el escozor de figuración que le ardía en su vagina protagónica, y evitar el contagio del infierno y que me pegara de por vida su olor a azufre, tan característico. Le tomé terror. Agua podrida del Riachuelo donde se incuban bacilos de estos no se bebe. Ni una gota de esos caños.

Según los astrofísicos y los cosmólogos el Universo, que desde su centro la Tierra se continúa en el Sistema Solar, la Vía Láctea y las restantes galaxias, consiste en una inmensa esfera de 15 mil millones de años luz de diámetro que gira en redondo, empantanada en sí misma, sin ir hacia ninguna parte. Unos dicen que se expande y que se infla, otros que se encoge y se desinfla. De esto trato en mi libro «Viajeros del Cosmos Tiempo», que saldrá a la luz después de mis «Sinonimias Hispánicas».

Me desperté llorando por mi abuela y mis perras. ¡Cómo las quise! ¡Cómo las quiero! ¡Cómo puedo seguir viviendo sin ellas! ¿Habrá un alma caritativa que me saque de sufrir? ¿Una sola entre los millones de matones que este país produce? ¿Pero quién se le arrima a mi Guardia Negra Presidencial, de exquisita tersura y brillo pero malencarada y con la consigna de disparar a matar? A veces salgo solo y me gritan desde los carros: «Felicitaciones, Excelencia. Lo queremos». Y les contesto: «Yo tambiéeeeen». Un día de estos, de tanto amor me disparan.

Y se abre en este instante el concurso de historia «Colombia, Doscientos Años de Ignominia», para historiadores o no, para el que quiera participar. Dos mil, tres mil, seis mil páginas, las que gusten. Sin límites de extensión y premio multimillonario en dólares, casa y televisor.

—La televisión, Excelencia, como el cóndor de los Andes anda en vías de extinción, tiene los días contados. Aquí lo último que hicieron fue telenovelas de narcotráfico. Ya ni eso. El público se saturó. Permítame entonces que le sugiera, en lugar del televisor, un telefonito inteligente de última generación. Uno de mucho alcance y que quepa en un dedal. Que haya que verlo con lupa. Con lupa grande.

—Hágale. Uno de esos.

No le saco el cuerpo a la verdad. Intervengo cuando debo, así aumente mis enemigos, que de por sí son legión. No me mueve el interés ni el cálculo egoísta, digo lo que otros callan. No robo, ni plagio, ni miento, ni calumnio y enfrento lo que venga, batallones enteros sublevados. No soy Allende.

El arriero Uribe se quedó pues sin sus honras fúnebres. No irán los portaféretros lambeculos de cadáveres cargando el suyo rumbo al camposanto en medio de la multitud acompañante, culisucia y novelera, y avanzando el gran conjunto, un río humano pausado y caudaloso, al ritmo lento que les marca el Réquiem de Vidal, nuestra Marcha Fúnebre de Chopin. La toca una banda de ancianitos de dar lástima. Fuera de ellos aquí no quedan sino raperos. Unos cagamierda por la boca. Los silleteros de Antioquia, bajados de las montañas, cargarían una inmensa corona de claveles blancos con banda en morado púrpura y una luctuosa leyenda, «Requiescat in pace». ¿Que descanse en paz él? El descanso será para nosotros por la paz que nos trajo su fusilamiento. Adiós sueños de grandeza post mortem, Uribe, te quedaste sin entierro. De una patada en el culo, ¡a la fosa común!

De los que me despedí hace cincuenta años cuando me fui, no encontré vivos sino dos cuando volví, los demás se me habían muerto. Nonagenarios ambos. O ambas, como se designan ellos. ¿Me creerán si les digo que de tenis?

—Muchachos, a ustedes los tenis no les van, están muy viejos.

—Zapatos de los de antes ya no hay —me contestan. Y los de tacón alto nos cansan mucho a nosotras las altas.

Tras de lo cual nos pusimos a hacer la lista de los que se habían muerto durante mi ausencia: Fernando Velásquez, Darío Galiano, Rodrigo Cano, Salvador Moreno, Alvarito Restrepo, el Camello, la Hormiga, el profesor Girafales, el capitán Guingue, Esteban Vásquez…

—¿También el capitán Guingue?

—¿Por qué también? Todos nos tenemos que morir, Excelencia.

Me dicen «Excelencia» por guasones. Con todo y lo que me vieron pichando en pelota e iba a ser yo una «Excelencia»…

—Excelencia sí, muchachos, pero en la pichanga. Cinco admirado.

—¡Eh, ave María! Apostabas carreras con Chucho Lopera y casi le ganabas. ¿Cuántos se consiguieron?

—¿Cada uno? ¿O los dos juntos? Por cabeza como de a diez mil.

—Diez mil tampoco, si acaso mil.

—Eso sí les tocará determinarlo a mis hagiógrafos. ¿A quién le irán a preguntar, si testigos vivos ya no quedan y los muertos no responden? ¿Qué van a hacer? No quisiera yo estar en su lugar, de biógrafo de semejante santo tan promiscuo. Con los tres que biografié me vi a gatas.

163

—¡Claro, ya me acuerdo! ¿Sí te acordás vos, Pamela, que él escribió tres biografías?

—Tres no, cuatro —contestó Pamela, que era un hombre, y le contestaba a su rival y anciano amigo o amiga y competidor en amores, la Lollobrígida—. ¿No ves que la de Barba Jacob él la escribió dos veces porque la primera no le gustó y la segunda tampoco? «No las vuelvan a imprimir —dijo—. Sáquenlas del mercado, se destruyen». ¿No es verdad, Excelencia?

—¡Eh, ave María, Pamela! ¿Cómo sabés tanto de mí? Te nombro mi biógrafo.

—Es que yo me informo, vivo informada.

—Sí, nombrá biógrafo tuyo a Pamela, que vive muy necesitada —me dice la Lollobrígida.

—Tampoco tanto —le responde Pamela—. Desayuno, almuerzo y ceno.

Cuando volví esa noche a Casablanca me puse a llorar. Se me vino el pasado encima y se me chorreaban las lágrimas. «Se me murieron todos —me decía—, y ya ni sé si yo también o si todavía aliento». Un pasado verdaderamente deslumbrante el mío, ¿y para qué? ¿Para llegar a esta insignificancia? ¿A oírle contar las horas a un reloj de muro en una casita blanca?

Realizaciones. He terminado con los atropellos del Estado, con el Banco de la República, con los otros bancos, con la DIAN, con el Ministerio de Hacienda, con los partidos políticos, con las guerrillas… He matado a mil, a diez mil, a cien mil, a millones. Acabé con la pena de muerte por agotamiento de los vivos. Acabé con la universidad, engendro del siglo XIII tras la cual desembarcó en Europa la Peste Negra, que tan promisoria se veía, pero que dejó inconclusa su misión. Yo voy a acabar la mía. Happenings e instalaciones, varios. No tumbé sin embargo ni una iglesia por fidelidad a mi pasado. Iglesia tumbada, niñez que se fue. Las conservé a todas en pie. El que sí tumbó varias fue El de Arriba con sus terremotos: en Manizales, Popayán, Armenia, ¡qué sé yo!

—¿Entonces usted cree en El de Arriba, Excelencia?

—¡Claro! Y en Doris Salcedo y su zanja de mierda. La condecoré. Le di la Cruz de Boyacá. «Seguite, Doris —le dije en mi alocución—, con tu zanja por toda Colombia, que te va a quedar perfecta. Volvenos una obra de arte».

Dejé pues la psiquiatría como digo, me fui de México, volví a Colombia, me instalé en el Palacio de Nariño pero pronto me pasé al de San Carlos, del que me mudé, cuando renuncié, a Casablanca, y aquí me tienen, como antes, defendiéndome indefenso del país y sus atropellos.

Ya dejó la heliopausa la nave Voyager y va hacia la nube de Oort, a la que llegará en el 2400. Pero a la velocidad a que va, le tomará 30.000 años cruzarla. Muy desequilibradas las cifras cósmicas, pero así son. La velocidad que uno le imprima a un cohete o nave será la que tendrá en adelante en su travesía por el combado espacio. Para que llegue pronto al borde de la bola y empiece a dar la vuelta, se le ha de imprimir, no digo la velocidad de la luz, que es poco, sino la de dos, tres, cuatro, cinco mil millones de años luz por segundo. Que no se puede viajar a más de la velocidad de la luz, dijo Einstein. ¡Ay, sí, tan experimentador él! Como si hubiera viajado montado en un rayo de luz el angelito… Murió arrepintiéndose del holocausto de Hiroshima y Nagasaki para hacernos creer que él había inventado la bomba atómica.

Cuando la guerra de Corea de mediados del siglo XX, siendo yo un niño, ese pobre país estaba infinitamente más atrasado que nosotros. Hoy es una potencia mundial. Cómo lo entienden, paisanos, cómo lo explican, díganme por favor, no se me hagan los pendejos. Sencillísimo: porque Corea estaba habitada por coreanos y Colombia por colombianos. Solo en un Universo hecho por Dios se dan injusticias

165

como esta. Les conozco, paisanos, los cauces mentales por los que discurren sus almitas sucias, dispongo del lector de pensamientos. Sé lo que piensan, sé lo que han hecho, sé lo que harán. Procedo en consecuencia. Voy a aumentar el ritmo de mis fusiladeros. El colombiano depreda, traiciona y miente.

¿El colombiano? ¿Uno solo? ¿En singular? ¡Cincuenta millones en plural! El mal llegó para quedarse.

Ya no tengo amanuense, todo tiene su fin. Me levanto a media noche a pasar al papel estos recuerdos que me dicta el sueño porque Peñaranda se nos fue. Se cayó de una escalera cambiando un foco, quedó tetrapléjico y en pocos días le entregó su alma al Creador, dejando en la estrechez un chorro de hijos que hoy alimenta, viste y educa el Erario Público, ustedes, por decisión mía porque no me quedó de otra. Como no robo ni busco porcentaje en los contratos de Odebrecht como el bellaco Santos que fusilé… Como defiendo siempre el interés de la nación, anteponiéndolo a los míos y al de los poderosos… Y como pese a ser poderoso no robo ni cobro sueldo… ¿De dónde saco entonces para alimentar a los dieciocho hijos de Peñaranda, que desayunan, almuerzan y cenan como Pamela? ¡No haber esterilizado a tiempo a ese amanuense estúpido, por qué me rodeo de estos! Ai les dejo entonces este legajo de papeluchos para que los ordenen y publiquen a mi muerte, si es que para entonces no ha desaparecido, junto con la prensa escrita, la televisión y el cóndor de los Andes, también el libro. Si sí, pues habré perdido el trabajo y el tiempo. Nada le debo a Colombia, mucho me debe ella a mí. Empaco ropa y zapatos, hago maletas y sigo para Casablanca a darle vuelta al naranjo y a oír las campanadas del reloj que me fiscaliza el tiempo.

El reloj bien, el naranjo mal. Tuve que cortarle medio tronco con sus ramas. Se le habían ido cayendo las hojas, una por una, otra tras otra. Todo empezó con una lluvia de azaha-

166

res y naranjitas en flor, que me alegraron el alma, pero era el preludio del fin. Él ya estaba dando frutos cuando nací. Era más viejo que yo, pero no mucho. Y vayan jubilando la palabrita «viejo», que viejos los cerros y el Universo Mundo.

Aquí lo bueno lo entierran y lo malo se le contagia como la roña al conjunto de la población. Les dio, por ejemplo, por plagiar del Internet. De ahí sacan los modelos para sus sentencias los jueces. Nada tienen que ver con el reo ni con el proceso o causa, pero suenan bien. Aquí ya nadie piensa, todos copian. Remarcan, cortan e insertan. Copiar y pegar, buenísimos para eso. Por nacimiento el colombiano carga en su alma, listos para usarlos cuando se lo permitan las circunstancias, con el robo y el plagio.

—Excelencia, una observación con todo respeto. Dice que Colombia no funciona porque no está habitada por coreanos. ¿Y por qué Corea del Norte hoy aguanta hambre? ¿Está habitada acaso por colombianos?

—Se les contagió la colombianización del mundo también a ellos.

El único comunismo que yo promuevo es el del goce de la salud sexual universal. O sea el despeje de las cabezas y las inteligencias para todos garantizado por el Estado: para jóvenes y viejos, para feos y bellos. Pero eso sí: pagando. Sexo gratis es como sopa sin sal o como pecado mortal sin condena eterna, hay que pagar. Tomé el timón del barco con pasajeros millonarios, que contaban en millones: los desembarqué de bimillonarios contando en billones. Y no me agradezcan, que aquí agradecen mientras uno dé. Si uno se cansa de dar, se cansan de agradecer. Aprendan de mí, nunca den. Y váyanse acostumbrando, desde que el apetito venéreo o concupiscencia les cosquillee y les alborote el óxido nítrico, a pagar por el placer. Si hoy en día, por la gracia de la juventud y la belleza, les sale el chorro gratis, no se me malacostumbren, muchachos, que de eso no habrá todos los días. Salvo que no quieran llegar a viejos, opinión respetable. Pero si sí, entonces váyanse haciendo a la idea desde hoy mismo de que hay que pagar. Van a ver que el pago les engruesa el gusto. Como el pecado. Créanme a mí que he vivido, pecado y padecido tanto. ¡A trabajar, curas, prohibiendo cosas, que lo que prohiban no bien salga de sus bocas masticadoras de hostias lo vamos a violar ipso facto! Sexo sin pecado, sopa sin sal, limbo de niños.

La multípara horda que habita el país y que acaba con todo le dio el puntillazo al idioma. Me mataron el subjuntivo y ni se dieron cuenta. No sabían que existía, ¡y hablaban con él! Yo construyo y ellos tumban, yo hago y ellos deshacen. Me retiro a mi convento derrotado, la desilusión me embarga el alma. O sea, este epifenómeno del cuerpo maloliente que llaman alma.

Con que mi naranjo se estaba muriendo por los gusanos... ¡Cuáles gusanos! La mezquindad de Colombia, capa de smog que le manchó sus verdes y brillantes hojas de un negro mate. Colombia es una lacra de la humanidad y esta del Cosmos. Colombia la cósmica está hablando pues, en este instante, por mi boca. Salvemos del hombre al mundo pero ya, antes de que sea tarde. ¿Y cómo? Con máquinas. Máquinas que no roben, que no atropellen, que no mientan, sin trazas de la humana esencia. Y ya verán que, aunque no nos toque, esto va a funcionar. Robótica pues, cibernética.

—Váyanme subiendo las maletas a la habitación de arriba y me las dejan en el suelo. No las suban a las camas, que me manchan las colchas. Todo lo tengo que advertir. Si no, es desastre.

—¿Cómo se explica, Excelencia, que en el comedor, en la sala, en los corredores, en los cuartos, por donde uno vaya, solo tenga usted Corazones de Jesús colgados en todas las paredes de la casa?

—Cuando me fui a Bogotá a tomar el supremo mando dejé uno solo, entronizado en la sala. Y ahora que vuelvo veo lo mismo que usted, que se me convirtió en montones. Se le habrá contagiado la reproducción de afuera que aquí, llueva que truene, hierve.

E instalado de vuelta en Casablanca y con la vida vacía me voy al Éxito a comprar. Lectores míos serbocroatas: esta maravilla del Tercer Mundo que nos ha catapultado al Primero y que responde al nombre de «Éxito» consiste en una cadena de almacenes tan exitosos que se reproducen por todo el territorio nacional como los Corazones de Jesús en las paredes de mi Casablanca. Los dueños ganan millones, nosotros les llenamos las arcas. Nosotros, los laboriosos, los camellos de la estoica clase media que cargamos en nuestras artiodáctilas gibas con los pobres de este país, que son legión como los demonios de Cristo, sumidos en la haraganería y la miseria por su propia desidia y voluntad y por la alcahuetería de la casta, los políticos, que no paran de saquear, pues si bien en Colombia cuando llueve escampa, el saqueo de estos hijos de puta no cesa. Del rojo líquido portador del smog que circula por nuestras exangües venas de clasemedieros, entre el Éxito y la DIAN nos han chupado hasta la última gota.

—¿Señorita, dónde está el azúcar?

—L'azúcar no sé.

—¿Y las mandarinas?

—Voy a preguntarle a una compañera.

Y va y le pregunta a una compañera tan tetifalsa y tan en la luna como ella, y que como tampoco sabe, va y le pregunta a otra, pero como tampoco la otra sabe, va esta otra a donde otra y le pregunta a la otra, y así, de otra en otra y de estúpida en estúpida hasta veinte estúpidas en una cadena de estúpidas, la respuesta a mi pregunta nunca vuelve porque se diluye de ida en el espacio extraterrestre.

El azúcar no saben dónde está, pero lo que sí saben estas estúpidas, y en lo que se les va el sueldo de un año, es hacerse inflar de siliconas las tetas. Viven soñando con el mafioso que las empanzurre y las ponga, de vender en el Éxito, a comprar en él. ¡Claro, como vieron la telenovela *Sin tetas no hay paraíso,* basada en el exitoso libro de nuestro escritor Abad!

Hombre Abad, aprovecho la ocasión para decirte y comentarte, con todo respeto, que justamente por las tetas de Eva, además de su vagina, perdimos el paraíso. Tan culpables son las unas como la otra, digamos que por mitades, cincuenta y cincuenta. De no haber tenido semejantes monstruosidades esa primera y dañina mujer, hoy estaríamos en el jardín de las delicias tomando whisky en las rocas.

Cuento hasta cien, que es mi límite y cuando pierdo la paciencia. Y como a los cien no vuelve la maldita que se fue a averiguar, decido buscar mis mandarinas y l'azúcar con mis propios pies, y me lanzo por este laberinto de «productos», como llaman ahora a las antiguas «cosas»: refrescos, insecticidas, conservas, tenazas, sacacorchos... Ferretería, electrónica, farmacia... Repostería, mercería, ropa... Falditas cortas, brasieres medianos, zapatos grandes... Lámparas, focos, ceras, brilladoras, computadoras, baldosines, persianas, patines, patinetas. Parlantes, detergentes y dentífricos. Cafeteras, chocolateras y teteras. Tubos, taladros e inodoros. Tornillos, tuercas y arandelas. Cucharones, cucharas y cucharitas. Telescopios, binóculos y trióculos. Vinos y licores, frutas y verduras, perfumes y lociones. Lavadoras y licuadoras, lácteos y refrigeradores, paraguas y bastones. Baños y cocinas, cojines y cojones, embutidos y colchones. Clavitos. En el Éxito hay de todo y de todito. Con tendencia más a lo grande que a lo chiquito. Botellones de cinco o diez litros de Coca Cola, de Sprite, de Colombiana, de lo que quieran, como para poner a un caballo a orinar dos días con sus noches. Y paquetes con ciento cincuenta rollos de papel higiénico, como para limpiarle el trasero a un batallón durante mes y medio. El Éxito se distingue más que por sus cantidades chicas por las grandes, las hipersexuales, que aquí es lo que gusta. Brasieres, calzoncillos y pantaletas. Etcétera. Y en el paquete del etcétera van doritos, pringles y rufles más los chitos, que consisten en bolitas de aire comprimido con sabor a queso empaquetadas al vacío para que no se dañen. Más consistencia tiene una hostia de Cristo.

—Señorita, ¿dónde están las hostias?

Piensa un instante y va soltando:

—¿Con ariquipe?

—No. Ázimas.

Piensa otro instante y va soltando:

—No creo que aquí haiga.

—¡Cómo no va a haber, señorita, si en el Éxito hay de todo! ¿No trabaja pues usted aquí?

—Yo sí trabajo aquí, pero no las he visto.

—¿Pero sí sabe qué es el pan ázimo?

—No.

—El que no tiene levadura y no se infla.

—Ah… El que no s'infla.

—¿Dónde podrán estar?

—Vaya a Lácteos a ver.

—Ya pasé por Lácteos y no había.

Conclusión: en el Éxito tampoco hay de todo. Televisores sí, estufas sí, neveras sí, pero hostias no. ¡Hostias de Cristo no! A lo mejor pasaron de moda.

Y en tanto sigo buscando mis mandarinas y el azúcar, de la calle sigue llegando gente y más gente y más gente. «Gente y más gente y más gente, pasa delante de mí, qué tan triste es ver así, la humanidad en torrente», dijo el poeta Pombo, del

171

siglo XIX, cuando el mundo estaba desocupado. Lo que pasa es que él viajó de Bogotá a conocer a Nueva York. ¡Me quisiera yo hoy su Nueva York con su gente y más gente y más gente! ¡Qué bueno que te moriste, hombre Pombo! El mundo de hoy es una termitera.

Al entrar los que van llegando toman carritos, carros o carrotes, según la amplitud de sus necesidades. Y al salir saturan las cajas. Mil quinientas cajas con mil quinientas colas, medianas y largas. Hay quienes escogen las largas, y aun las más largas, según el vacío de sus existencias. Yo me voy a escoger una corta. Pero primero tengo que encontrar lo que busco. Para comprar primero hay que encontrar, y para encontrar primero hay que buscar.

Después de haber rebasado, por este minotáurico dédalo de pasillos atestados, a varias viejas culonas que me obstaculizaban el paso, quedo bloqueado por una maldita vieja mandona y paralítica, como de noventa años, que va en una silla de ruedas que le empuja su hijo, como de setenta, en tanto ella empuja su carrote atestado de lo uno y de lo otro, lo cual es lo que me impide avanzar porque llevan media hora detenidos.

—Ve —le dice la anciana al hijo desde el carrote—, agárrame ese paquete grande de arepas marca «Doña Arepa».

Y en el momento en que lo va a agarrar, el hijo me reconoce.

—¡Excelencia! ¡Qué honor conocerlo! ¿Me puedo tomar un selfie con usted?

—No, yo no soy, yo soy otro —le contesto como pidiendo perdón por existir—. Es que me le parezco. A cada rato me confunden con él. Yo soy un seglar de los Hermanos Cristianos de san Juan Bautista de La Salle.

—¡Aaaaaahhhh! —exclamó y se desinfló.

Cómo me reconoció no sé porque yo iba de bigotico a lo Hitler y de boina española a lo Franco. Lo que sí sé desde este

172

instante mismo es que no me puedo volver a arriesgar. Me reconoce un malqueriente, va a la Sección Cocina, agarra un cuchillo grande pa partir perniles y me lo clava en el pecho.

Y mientras sigo buscando aprovecho para explicarles el caso típicamente psiquiátrico que acabamos de presenciar. El hijo es un sometido, un bobón. Y ella una «vagina devoradora», como las llamamos los psiquiatras. Se le tragó la vida a él, y él se dejó. Estoy seguro de que el pobre no ha pichado ni una vez en su existencia, ni con hombre, ni con mujer, ni con quimera.

Y sigue llegando gente. Mucha más gente entrando. ¿Y para salir? Para salir, doscientas o trescientas cajas con sus cajeras y empacadoras y sus respectivas y felices colas. La felicidad máxima de Colombia no es el sexo, óiganlo bien, aprovechen que les habla un psiquiatra: es el Éxito. Comprar mucho en el Éxito haciendo la cola más larga y pagando con tarjeta de crédito.

¿Y las embarazadas? No me pregunten cuántas vi en esta mi primera y última visita porque no me van a creer. Tres. Una poco, otra mucho y otra a punto de explotar. Le calculé diez meses. Para no caer, pues la fuerza de gravedad la jalaba hacia adelante, ella se echaba un poco hacia atrás, con el riesgo de irse de espaldas contra una estantería llena de frascos de mermeladas o de no sé qué. «¡Ojalá que se caiga de culos esta maldita fertilizada!» pensé. ¡Qué va! Dios no existe. Y me enchufo en una cola y mientras espero me pongo a pensar. Uno de los cuatro expresidentes que fusilé era exadáctilo, tenía seis dedos en los pies. Adivinen cuál. Ninguna consulta convoqué durante mi mandato porque los países no tienen por qué tener opiniones. Y para qué quiero opiniones ajenas, si yo tengo verdades propias. Verdades nuevas que voy desgranando por aquí y por allá una tras otra. Lo más hermoso del mundo no es el nocturno póstumo de Chopin que tocó Sebitas sino la milonga de Graciano De Leone «Reliquias Porteñas», grabada en 1938 por la orquesta de Francisco Canaro y bailada, casi un siglo después, en un humilde local de Buenos Aires, en un sótano oscuro, por Javier Rodríguez y Geraldine Rojas ante unos cuantos espectadores. Alguien filmó el prodigio en un video y lo colgó en YouTube, donde lo pueden ver. En la oscuridad del sótano un reflector va siguiendo a la pareja iluminándola con su haz de luz. Todo tan humilde, todo tan grandioso, todo tan deslumbrante, todo tan oscuro. Hacía mucho que Buenos Aires había dejado de ser la gran capital que fue y se habían muerto las milongas, pero hagan de cuenta que volviendo de la infinita nada, delante de santa Teresa de Ávila, la mística, y una veintena de sus monjas lesbianas, Cristo había resucitado. Y estoy en esto, con mi humilde bolsita de azúcar y mi mandarina esperando poder pagar, cuando de repente ¡pum!, tremendo estrépito y tremenda alarma. «¿Qué pasó, qué pasó, qué pasó?» gritaban voces angustiadas. Pasó que se fue de espaldas contra la estantería de los frascos la preñada de diez meses y cayó de culos al piso sobre un mar de añicos.

—¡Dios existe, Dios existe! ¡Dios me quiere, Dios me oye, Dios me ve! Él está aquí conmigo y con nosotros —empecé a gritar como un loco—. Cayó de culos sobre los añicos de los frascos de la estantería justiciera la preñada, la madre ideal, la de esta puta raza de Antioquia la Grande como la llamaban pero hoy atomizada en tres o cuatro o cinco departamentuchos y que se las daba de moral pero que era católica, que se las daba de honrada pero que era ladrona, que se las daba de trabajadora pero que era zángana, que se las daba de honorable pero que era pícara, que se las daba de leal pero que era traidora, que se las daba de noble pero que era vil.

Y me pronuncié el discurso de mis discursos en un Éxito, en un galpón atiborrado de consumistas desatados, ¡qué verraco!, mi más esplendorosa arenga, proclamando mi incontrovertible verdad por sobre los silbatos de los vigilantes, los ayes de los hipócritas y las sirenas de las ambulancias.

—Excelencia, ¿qué hacemos entonces con Duque?

—¡Cuál Duque!

—Pues el que usted tumbó.

—¡Pues fusílenlo! ¡Qué esperan!

Por lo demás, sufriendo o gozando, lloviendo o escampando, a los bonitos y a los feos la vejez los empareja. Así lo quiso Dios y su Voluntad no se discute. Él es más autócrata que un papa, y en genética y epigenética dicta cátedra. La repartición de los genes la determinó en su Sabiduría Infinita desde siempre y para siempre, *ab aeterno per aeternitatem aeternitatis.* ¿Cómo en la pequeñez de un espermatozoide puede caber en aristotélica potencia tanta maldad como la que habían de desarrollar en vida un Gaviria, un Pastranita, un Uribe o un Santos? ¿O se le debe atribuir a la parte que aportaron en sus óvulos sus madres? Los designios del Creador no solo no los penetro sino que me dejan inconforme. Porque han de saber que en Roma, además de cine, también estudié teología dogmática en la *Pontificia Università Gregoriana.* Este «dogmática» tiene que ver con el dogma por una parte y con el empecinamiento por la otra. Los teólogos dogmáticos somos pues dogmáticos y empecinados. Cosa que entendió perfectamente bien el general París pues se lo advirtió a los otros generales golpistas de la Junta cuando me empezaron a conocer: «No lo contradigan, que a él no le gusta». ¡Pues claro! ¡A quién le va a gustar!

Mis estudios teológicos los alternaba con los del cine o con mi deambular por calles. Caminaba, caminaba, caminaba… ¿Buscando qué? Buscando nada. Cuando camino pienso, cuando pienso insulto, y cuando insulto me siento bien, me siento yo, soy yo, no otro que se escuda bajo el nombre de otro, como los novelistas de tercera persona que se ocultan tras la omnisciencia de Dios, o los de primera tras un alter ego. ¡Maricones, digan quiénes son! ¡Den la cara!

Arrastrados por la corriente feminista que está llevando al mundo al abismo, les ha dado a mis colegas teólogos por decir que Dios también es mujer. ¡Cómo que también! Se es o no se es. ¿Dios es un transgénero, o qué? Trabajo hemos tenido los que nos dedicamos a esta ardua e improductiva ciencia para refutar la malignidad del Altísimo que los impíos nos refriegan, y ahora vienen los disidentes con semejante especie. Si yo fuera un papa de a de veras, no como este gordo blandengue pampeano de hoy enlazador de vacas, los quemaría en las hogueras de la Santa Inquisición. No señores, Dios es macho y muy bien dotado. Dejen de estar cambiando sin ton ni son las cosas que bien patasarribiado me tienen ya de por sí al mundo. No voy a expropiar los Éxitos, los voy a quemar. Liberaré al pueblo colombiano del consumismo, que no es autóctono, para que viva tan solo del faquirismo, que le es connatural.

Travestis y transexuales de Colombia: Cuenten conmigo que yo estoy con ustedes. Tengo tanques y ametralladoras para defenderlos de la puta Iglesia y del que se les atraviese. Dios los hizo así, yo los defiendo. Si Dios puede ser también mujer, entonces también puede ser transgénero.

Subió el culicagado Duque Uribe a la presidencia a subir los impuestos: hoy descansa en mis estadísticas. Malparidito aprovechador de circunstancias, elegido por el engendro de Pericles que llaman «democracia», el desesperado intento de una sociedad inerme por atinarle al malo para evitar el peor.

Ley 1 de Colombia: Todo gobernante que se va le deja un desastre aumentado al que llega.

Ley 2: Todo gobernante que llega es más bellaco que el que se va.

Y estas dos incontrovertibles leyes de la Historia de Colombia no las emitió el Congreso. Obra son de esta puta raza que produce y elige a los que llegan y se van.

—¿Cuántos fusilados llevamos al día de hoy, teniente?

—Quince mil quinientos millones, Excelencia.

—¡Pendejos! ¿No les dieron sus madres almas para pensar sino culos pa cagar? Quince mil quinientos millones no los tienen los planetas habitados de la Vía Láctea juntos. Le pusieron varios ceros a la derecha a la verdad. Serán un millón quinientos mil si acaso. ¿Qué va a pensar el mundo si me oye decir semejante despropósito en el pódium de la ONU? Todo lo que no reviso está mal.

—¿Es tamal, Excelencia?

Y mil cuatrocientos millones China y mil cuatrocientos millones la India y estos malditos amarillos y cobrizos siguen pariendo. No sé dónde los piensa acomodar Dios, pero lo pronostico: en los desiertos de México, en la pampa argentina, en el Petén de Guatemala, en los Llanos Orientales de Colombia, en la punta de un volcán… Nos van a amarillear y a cobrizar el planeta.

A los pobres de Colombia el Creador les dio dientes y ganas de comer mas no pan. Y ahora nos va a mandar de maná del cielo a estos sementales de penes chicos y amarillos a desplazarnos del territorio. ¿Y dónde nos piensa meter? ¿En el Pacífico o en el Atlántico? ¿O nos vamos p'allá arriba los legítimos dueños del territorio a disfrutar unos con otros del sexo en la gloria eterna de su Divina Majestad?

—¿Cuántas y cuáles son las más grandes plagas del mundo, niños?

—Seis, a saber: China, India, Estados Unidos, el judaísmo, el cristianismo y el Islam.

—¿Cuál es el más grande gobernante vivo del Homo sapiens?

—Su Excelencia.

—¿Y contando también los muertos?

—Otra vez Su Excelencia.

—¡Qué ciencia infusa! Voy a nombrar a tres de ustedes ministros. Total, si aquí pudo ser ministro de Hacienda el asnal Carrasquilla también puede serlo cualquier culicagado de hoy. Pero que no nazcan más niños para que no les monten después competencia a ustedes, mis niñitos, y me los desbanquen. Los viejos no dejan pasar, los jóvenes quieren tumbarlo a uno.

Por fuera de Colombia y de la Tierra, una vez que dejemos la esfera de dominio del Sol entramos en la nada del Cosmoespacio donde todo cuanto existe se mueve quieto. En el Cosmoespacio no hay velocidad propia, todas son ajenas. ¿Y si chocan dos cuerpos quietos, digamos nuestra nave espacial y un átomo suelto? Entonces dejan de estar quietos y adquieren velocidad. El choque da fehaciente prueba de que en el Cosmoespacio lo quieto se mueve. Tras el choque nuestra nave espacial queda convertida en cuatrillones de átomos sueltos. Conclusión: no hay enemigo pequeño y no se monten en naves espaciales como aconseja Hawking, que si se chocan con un mísero átomo los despedaza y se multiplica por un cuatrillón. O hasta más. Pongámosle un quintillón.

¿Pero velocidad con respecto a qué? «Ahí está el detalle», dijo Cantinflas. Estando quietos respecto a algo en la Tierra, nos movemos sin embargo junto con ella respecto al resto del Universo. La relatividad einsteniana se reduce al misterio de lo quieto que se mueve, imposible de resolver, como cualquier otro misterio. Como por ejemplo el de la luz, el de la gravedad, el de la Santísima Trinidad… Pero el del movimiento quieto no lo descubrió el marihuano de Einstein sino Galileo, un sabio inocente y casi santo que iba a quemar la Inquisición de Roma por decir *«e pur si muove»*. A él se lo robó el judío ese, charlatán y bellaco. Está expuesto el nuevo misterio en el *Dialogo sopra i due massimi sistemi del mondo* de Galileo, en el pasaje del barco que va rumbo a Alepo, y que cuando el mar está en calma y lejos de todo punto de referencia se mueve pero la vida con sus cosas sigue transcurriendo en él como si estuviera quieto. ¿Y por qué no lo descubrieron milenios antes Ulises, que tanto viajó por mar, u Homero, que lo parió? Hombre, porque en tiempos de estos dos eminentes griegos la humanidad no tenía naves de gran calado sino barquitas frágiles que bamboleaban las olas del mar. El ladrón Einstein cambió el barco de Galileo por un tren entrando a una estación de ferrocarril.

Lo anterior fue lo primero, va lo segundo: que el que viaja en el agua desplaza agua. ¿Y el que viaja en el vacío qué desplaza? ¿Vacío? ¿O espacio sin tiempo? ¿O qué? Y tres, porque quiero tres porque dos se me hacen poco: ¿Y velocidad respecto a qué? ¿Al Big Bang? ¿O a la grandeza de Dios?

Vélez: Que tu hijo el matemático, Hectorcito o como se llame, me comprima mis tesis del Cosmoespacio en una ecuación imponente, con raíces cuadradas, cúbicas, quebrados, sumatorias, multiplicatorias, senos, cosenos, derivaciones parciales e imparciales, gradientes y corchetes, y mínimo de dos páginas, a lo Schrödinger, y con el fiel de la balanza o signo igual al final de la primera página de las dos que quiero que tenga, de suerte que la ecuación nos quede eurítmica. Que Hectorcito le pase la cuenta a Hacienda, que por orden mía se le pagarán sus honorarios en bruto. Bajo mi mandato las ecuaciones no pagan IVA. Ni los juguetes ni los pañales de los niños porque pienso acabar con los niños. Quedarán, sí, como un recuerdo espantoso del pasado, y los viejos reinaremos como los legítimos e inamovibles dueños del mundo.

En un breve espacio de la infinitud del mundo y en un breve instante de la infinitud del tiempo, en el efímero puente del presente entre un pasado que no existe y un futuro en veremos, me encuentro yo diciendo «yo», midiendo en años luz este viaje que realizo a través de una oscuridad más absoluta que la miseria de Colombia. El tiempo es un fenómeno interno, mental, de nosotros los animales y no existe afuera. Queda borrada por decreto la cronología y la Historia de Colombia y que entre el país en la era del olvido profundo. Y prendan radios y televisores, colombianos, porque hasta este instante mismo estuve callado y voy a empezar a hablar.

Desde cuando el hombre pintaba bisontes en las rocas de las cuevas de Altamira y de Lascaux hasta el presente, las tribus como las naciones han traído siempre disensión y guerras. No más patrias, por lo tanto, las mando al diablo. El amafiamiento de la nacionalidad que llaman patriotismo aquí conmigo se acabó. Renuncien, colombianos, a su colombianidad, tal como el mendigo que después de años y años sin bañarse se da su buena ducha y se quita de encima, con un cepillo para raspar pisos, su densa capa de mugre. No más pobres, exiliados, desplazados, desechables, paren de parir. No más niños producto de la bestialidad ayuntada a la ceguera moral. Basta de la maldita cópula. No faltan autopistas, aeropuertos, puentes, hospitales, edificios, casas, sobra gente. Se comen a los animales, invocan dioses y patrias, votan el día de elecciones, los domingos van a misa, le quitan la mujer al prójimo, nos tiran el carro, nos ponen el radio a todo taco, cacarean derechos, se esfuman ante los deberes… ¡Cómo no va a ser la joya de la Evolución el ser humano!

Tan infame se me hace esta bandera amarilla, azul y roja, colombianos, como la cruz gamada, o la estrella de David, o la cruz de Cristo. Horda bípeda que por falta del sentido telepático recurres a celulares, a quemar banderas y a aprender de mí que capto a leguas. Pienso en mi abuelo y de inmediato se me corporiza y lo veo venir cabalgando en una mula. No son solo los gobernantes, es la sociedad entera la que atropella, la que abusa, la que traiciona, la que engaña, la que estafa, la que miente, la podrida, la corrupta, Colombia en su plenitud rabiosa.

Y ahí va la horda proliferante dejando colillas de cigarrillo, bolsas de plástico, papeles, botellas, hijos, mierda, basura, por donde pasa, comiéndose a los animales, que mueren en el horror de los mataderos olvidados de todos, de quienes aquí detentan el poder político, financiero y religioso, de los que invocan a Cristo y a Bolívar para sus fines e inversiones y cuentas de delincuentes disfrazados de buenos ciudadanos.

Mi naranjo va mejorando y mi reloj sigue tintineando. Me cuenta las horas que me quedan, no las que pasaron. Se sincronizó con mi interior. Como mi pasado me lo borró del expediente clínico mi médico, Alois Alzheimer… Desmemoriado el expediente, desmemoriado el paciente.

Lo que más me gusta del reloj del comedor de Santa Anita, que por complicados caminos vino de mano en mano a dar a las mías en Casablanca, es cuando da las doce, con doce campanadas atenuadas, aterciopeladas, de una delicadeza que no se imaginan ustedes que viven en un mundo tan ruidoso. Tin tan, tin tan, tin tan… Etcétera. ¡Pero, ay, sigue la una con una sola! La una en este reloj se confunde con las medias horas pues también las da con una campanada. Y así, por ejemplo, me despierto en plena noche porque acabo de oír una y me digo: «¡Carajo, apenas es la una, otra noche sin dormir!» ¡Qué va, son las cuatro y media! ¡Fantástico, ya casi sale el sol! ¡Cómo no voy a estar contento! Y Brusca a mi lado. No sé qué va a ser de mi perra cuando me muera, porque viene la Muerte por mí montada en su guadaña, la veo venir. ¿Y mis recuerdos qué, se van al Cosmoespacio? Bendito el que no tiene recuerdos y el que se puede morir en paz, sin preocupaciones por lo que deja porque no deja nada. Los pobres son muy afortunados.

Reloj hermoso de Santa Anita, te amo. He sincronizado mi corazón con tu segundero. Lía, mi madre loca, me enseñó a leer las horas en un cartón circular que hacía las veces de la cara de un reloj, en el que ella había marcado las horas con lápiz y sobre el que hacía avanzar, moviéndolas con la mano, las manecillas del minutero y el horario, también de cartón.

—¿Qué hora es, mi niñito? —me preguntaba.

—La una, Lía.

—No me digás «Lía», amorcito, decime «mami» o «mamita».

—No.

—¿Por qué?

—Porque no me da la gana.

—¿Es que no me querés?

—¿Y por qué te voy a querer, si no me da la gana? El otro día casi me sacás un ojo con esas tijeras puntudas que me tirastes. Vos sos mala. No sé cómo la abuela te tuvo, porque ella sí es buena.

—Nunca te he tirado unas tijeras, mi hijito.

—Que sí.

—Que no.

—No me hablés más que no te quiero hablar. Me vas a hacer poner morado de la ira. Me voy. Quedate con ese reloj tan feo que hicites.

Era loca y mentirosa, y el mal que hacía se le olvidaba.

—¿Cuántos años tenía usted, Excelencia, cuando lo del reloj?

—Tres o cuatro, si acaso cinco.

—¿Tan poquito?

—Era muy precoz. Antes de entrar al kínder, el de unas monjas, tenía un vocabulario de tres mil palabras sin contar las groserías.

La siguiente vez que me tiró las tijeras, les desquité y le dije: «Ve esta vieja hijueputa». Se clavaron las tijeras en el aparador del comedor, que era de madera. Donde me hubiera dado en la cara, no estaría ahora gobernando el país. La hubiera podido matar con sus mismas tijeras arrancándolas de la madera y clavándoselas por detrás, pero me abstuve. Desde niño he sido muy prudente.

Y a un vecino que había cogido la costumbre de fisgonear por las ventanas de mi casa de la calle de Ricaurte parándose enfrente cuando pasaba, le salí en pelota de detrás de un visillo y le fui soltando: «¿Qué mirás, viejo pedorro, se te perdió algo aquí, o qué? Tenés las güevas de un cura y las narices llenas de mocos». Y le pelé los dientes subiendo la nariz y el labio superior como una fiera de la selva. Se asustó tanto que me cogió terror. Y en adelante, para ir a su casa desde la esquina, donde lo dejaba el bus, se cambiaba de acera. Pensaría que yo era el papa Adriano, la semilla de Satanás, el bebé de Rosemary.

¡Tin tan, Tin tan, Tin tan!

¿Oyeron? Tres campanadas. Ahí está él hablándome. Me dice que son las tres.

—Sí, ya sé, mi relojito. Las tres de la tarde porque hay luz. Si no, serían de la madrugada. No me llamés ahora que estoy con visitas. Les estoy preparando un café a unos inspectores de Hacienda, unos funcionarios de la DIAN.

La mejoría del naranjo duró lo que un suspiro de monja, empezó a recaer. Se le caían los azahares, se le caían las hojas y tras las hojas las naranjitas en flor. Un día cayó una naranja grande y la probé: amarga como el vinagre que le dieron en la cruz a Cristo. Lo abonaba yo, le untaba plaguicidas, le cortaba las ramitas secas, le limpiaba las hojitas ennegrecidas por el smog, le hablaba con cariño: «No te me vayas a morir que te necesito, vos naciste despuesitos de mí, no estás tan viejo, aguantá un poco más». A la Virgen de porcelana que tengo en el nochero le puse una veladora permanente para que intercediera ante su Hijo por mi naranjo y por mí. Como si hubiera alumbrado una piedra. «No más veladoras, se acabó la devoción. La noche menos pensada salta una chispa y me quema a Casablanca». Y tomando la Virgen del pescuezo la lancé contra una pared volviéndola añicos mierda. Esa Virgen perteneció a Elenita, mi tía abuela, y a su muerte vino a dar a mí, no sé por qué extraños caminos del Señor. Ni un solo milagro le hizo a la pobre vieja ni a mí. A ella la dejó morir virgen, a mí en la miseria. Elenita murió estando yo en México lejos de ella y de su hermana, mi abuela, y de cuantos quise por culpa de Colombia. Las bellaquerías que me hizo a mí mi patria no tienen cuento. Pero la perdono. Al fin de cuentas esta porquería, o sea la vida, a Dios gracias, se acabó. A otra cosa, dejemos esto.

Brusca no es una perra ladradora y mordelona ni un animal de compañía. El animal de compañía soy yo y ella un ángel. Importantísimo que lo sepan, aunque no tanto ustedes como mi sobrina Chila, a quien le dejo estos legajos. Ella sabrá que hacer con ellos. Correctora de pruebas, editora, negociante en bienes raíces y defensora de la libertad amatoria, en sus manos quedarán en buenas manos pues yo creo más en un degenerado sexual que en el papa. Mi única intención al aceptar el mando supremo que me ofrecieron los militares no pasaba de esto: salvar a Colombia, mi patria, de sí misma.

Ya cantó mi reloj las horas que pasaron, y a partir de este instante vive para contar las que me quedan.

—Decime cuántas, reloj mío.

—Tin Tan.

Ambiguo como es me contesta tin tan, con una campanada. Y yo le pregunto:

—Qué me querés decir con un tin tan: ¿la una, o la media de la una, de las dos, de las tres, de las once, de las doce, las trece, las catorce?

Parco como la muerte, no contesta. Sé, eso sí, que Tin Tan era un cómico mexicano cocainómano y muy propenso al sexo con el sexo opuesto. Valdría la pena informarse sobre sus andares. ¿Quedará vivo alguno que me dé razón verídica de él? ¿O también se los llevó a todos, como a él, la Muerte?

Los muertos se van borrando de a poquito de la memoria de los vivos. Solo a unos cuantos, como a mí, nos recoge la Historia. ¡Pero es más puta y falsificadora que Nuestra Santa Madre Iglesia! Que a mí me trate como a santo o miente. Desde aquí se lo advierto.

Y sigue la Muerte desgranando su rosario. Se repite como se repetían en su odio contra mí mis malquerientes. A todos los fusilé. A toda capillita le llega su fiestecita y a todo muerto se le extingue el odio. El pasado es memoria, la memoria se borra y el futuro a medida que uno lo va alcanzando se va alejando, como la zanahoria en la punta de un palo atado en la trompa de un caballo. Tan solo el burletero presente tiene realidad o consistencia, así sea la de una pompa de jabón, y a veces lo gastamos volviendo al pasado en medio de la nube de smog de la memoria. No hay más máquina del tiempo para volver atrás que esta, no sé de otra. «Ya», dice el inconstante presente y de inmediato pasa a otro «ya». Y de ya en ya se va yendo. Al final de la cadena de monosilábicos yas nos espera la Muerte. ¿Pero de qué me estoy perdiendo si no me estoy quejando? De nada me pierdo, de nada me quejo, yo no soy de esos. No nací con alma de damnificado quejumbroso, colombiano.

—¡Ay, Excelencia, se me llevó la casita la quebrada!

—¡Para qué la hiciste al lado de una quebrada, güevón! Y ahora le venís a pedir plata al Estado, que entre Uribe y Santos lo dejaron a ras. La hubieras construido en el borde de un rodadero y así habrías caído en tierra firme al caer. Los rastrojos amortiguan las caídas.

Estoy hablándome, interpelándome, diciéndome mis últimas razones y dándome mis últimos consejos: prepárate, afortunado, para dormir en paz el sueño eterno y descansar del dolor del mundo.

Esta mañana encontré mi naranjo hecho un esqueleto, con sus hojas negras de smog regadas por el suelo, y por la tarde el viejo reloj de Santa Anita se desprendió del muro. Dio contra el embaldosado amarillo de Casablanca y sobre él se desparramó su engranaje: rueditas, tornillitos, tuerquitas, alambritos, todo pequeñito pero de una gran ambiencita porque con esa humilde quincallería mi contador de horas iluso pretendía apresar el Tiempo. De haberme quedado lágrimas me habría puesto a llorar por él. ¡Pero qué! Tenía los lagrimales de dar grima como los tesoros de Colombia y las ramas del naranjo, secos de llorar por tanto muerto.

—Te veía venir, Muerte dañina y puta, sabía que los ibas a matar para seguirte conmigo. Contestá, Parca estúpida, que te estoy hablando. ¿O estás muerta también?

Una bandada de loros pasa sobre el patio del naranjo camino al Jardín Botánico donde duermen. Vienen del pasado, los miro desde mi presente, se van hacia su futuro, que no compartirán conmigo. El día se va apagando y la noche va cayendo sobre mí y sobre ella, Colombia la miserable.

¡Llegaron!

Fernando Vallejo

Fernando Vallejo

**Casablanca la bella**